LA ODISEA

CLÁSICOS UNIVERSALES

Editorial Bambú
es un sello de Editorial Casals, SA

© 2009, de la adaptación, Rafael Mammos
© 2009, de las ilustraciones, Pep Montserrat
© 2014, de esta edición, Editorial Casals, SA
Casp, 79 — 08013 Barcelona
Tel.: 902 107 007
editorialbambu.com
bambulector.com

Coordinación de la colección: Jordi Martín Lloret
Diseño de la colección: Liliana Palau / Enric Jardí
Imágenes del cuaderno documental: © Aisa,
© Album/akg-images, © Corbis/Cordon Press.

Sexta edición: octubre de 2022
ISBN: 978-84-8343-311-9
Depósito legal: B-1777-2014
Printed in Spain
Impreso en Anzos SL

El papel utilizado para la impresión de este libro
procede de bosques gestionados de manera sostenible.

LA ODISEA

HOMERO

ADAPTACIÓN
DE RAFAEL MAMMOS

ILUSTRACIONES
DE PEP MONTSERRAT

CLÁSICOS UNIVERSALES

ÍNDICE

LA GUERRA DE TROYA

Era Troya una ciudad rica y poderosa de la costa del Asia Menor. La gobernaba el rey Príamo, un hombre sabio y justo, querido por sus súbditos. Tenía muchos hijos, entre ellos Héctor, un guerrero bueno y valiente, y Paris, un joven risueño y atractivo que finalmente fue la ruina de su patria. Los oráculos, que predecían los sucesos futuros, ya lo advirtieron cuando Paris nació: aquel niño sería como una antorcha que incendiaría la ciudad. Por eso, Príamo prefirió la muerte de uno solo de sus hijos a la perdición de todo el reino, y abandonó al recién nacido en el desierto, para que muriera de hambre. Pero nada se puede hacer contra el destino, que ya había predicho la suerte de Paris y de Troya entera. Así sucedió que unos pastores encontraron al niño abandonado y decidieron criarlo como a un hijo. A partir de ese día, Paris creció entre los pastores sin saber que por sus venas corría sangre de reyes.

Pero al cabo de muchos años, cuando Paris era ya un hombre joven, sus padres adoptivos le revelaron la verdad sobre su origen. Paris, al saber de quién era hijo, se fue a Troya a ver al rey Príamo, su verdadero padre, para que lo reconociera como hijo legítimo. Y el viejo Príamo no tuvo más remedio que aceptar a Paris. Sin embargo, el rey recordaba todavía la predicción de los oráculos, según la cual el joven traería la ruina a su ciudad. Por eso, decidió enviarlo a Grecia, con la idea de tenerlo lo más alejado posible de Troya.

Por aquel tiempo, Grecia era un conjunto de ciudades independientes y cada una tenía su propio rey. Paris, viajando por aquellos lugares, fue a parar a la ciudad de Esparta, a la corte del rey Menelao. Se decía que la esposa de este rey, la reina Helena, era la mujer más hermosa del mundo, y que su belleza era comparable a la belleza de las diosas. Cuando Paris llegó, pues, a Esparta, fue amablemente acogido por Menelao, como le corresponde a un rey que recibe a un extranjero. Pero el joven mal le pagó su favor: Paris se enamoró ciegamente de Helena, y se olvidó del respeto que debía a su anfitrión. De manera que un día la secuestró y se la llevó de Esparta, aprovechando la ausencia del rey Menelao. Los amantes corrieron a refugiarse a Troya, para desesperación del viejo Príamo, que veía cómo empezaba a cumplirse la predicción.

Una ofensa tan grande a un rey tan poderoso no podía quedar sin castigo. Menelao tenía un hermano, Agamenón, el hombre más influyente y rico de Grecia: los dos juraron recuperar a Helena y destruir la ciudad de Troya, que había acogido a los amantes furtivos. Con su autoridad, Menelao y Agamenón convocaron a los reyes y príncipes de otras ciudades para unirse en una gran alianza y formar una expedición militar contra Troya. Así, tras reunir un gran ejército, las naves de Grecia partieron y se dirigieron hacia las playas de Troya. Junto a Menelao y su hermano Agamenón viajaban también los mejores guerreros del país, como Aquiles, el mejor luchador griego, hombre casi invulnerable, hijo de una diosa; estaba también Áyax, un soldado lleno de furor, de corazón implacable; el sabio Néstor, cuyos consejos salvaron más de una vez a los suyos; y Ulises, un hombre valiente y, sobre todo, astuto, a quien nadie superaba en ingenio.

Ulises, rey de la isla de Ítaca y de otras pequeñas islas de los alrededores, era respetado en su tierra y muy querido en su casa. Su esposa era la bella Penélope; poco antes de partir hacia Troya, ambos tuvieron un hijo, de nombre Telémaco. Aunque Ulises intentó librarse de acudir a la guerra sirviéndose de diversas tretas, al final no tuvo más remedio que acompañar al resto de los griegos en la expedición. Con gran pesar, se vio obligado a dejar a su esposa en la flor de la edad y a su hijo, que era un niño de cuna. Durante todo el tiempo que Ulises estuvo combatiendo lejos de su hogar, jamás se olvidó de su familia ni de su hogar, la tierra de Ítaca, a la que estaba decidido a regresar algún día. Con todo, fue precisamente gracias a él que Troya fue destruida.

Durante los diez años que duró la guerra ante las murallas de Troya, los combates se sucedían uno tras otro sin que hubiera un claro vencedor: troyanos y griegos ganaban y perdían según Zeus alternaba las suertes de la batalla. De ambos lados se perdieron muchos buenos guerreros. En el bando troyano, Héctor, el más valiente defensor de la ciudad, murió a manos del implacable Aquiles; más tarde, el mismo Aquiles cayó por un disparo de Paris, que le clavó una flecha en el talón, su único punto débil; y Paris a su vez fue muerto por otros combatientes griegos. Al final, todos aquellos grandes guerreros mordieron el polvo en plena batalla.

Era el décimo año de la guerra, y ningún ejército podía superar al otro. Sin embargo, los griegos entendieron que, con la mera fuerza de las armas, nunca lograrían vencer a los troyanos y entrar en la ciudad. Entonces fue cuando Ulises, el rey de Ítaca, tuvo la idea que puso fin al conflicto y otorgó la victoria a su bando. Siguiendo sus instrucciones, los griegos construyeron un caballo de madera gigantesco y lo dejaron abandonado en la playa, a la vista de los habitantes de Troya. Luego, fingieron rendirse y embarcaron como si se retirasen de la lucha y volvieran a su país, cansados de luchar. Pero en realidad era todo teatro: en lugar de surcar el mar, se habían escondido en unos islotes que había muy cerca de la ciudad, esperando el momento justo para atacar.

Los troyanos observaron con gran alegría cómo las barcas griegas se alejaban mar adentro: pensaban que la guerra por fin había acabado. Al ver el gran caballo de madera en mitad de la playa, creyeron que se trataba de una ofrenda a Poseidón, rey de las aguas, ofrecida por los griegos para que el dios les fuera favorable en el viaje de regreso. Decidieron arrastrar el caballo dentro de sus murallas, sin sospechar que en su vientre hueco se escondían Ulises, Menelao y otros guerreros griegos, quietos y en silencio, preparando la emboscada.

Aquella noche, en Troya, fue toda de celebraciones y fiestas. Todos los ciudadanos salieron a las calles a festejar el fin de la guerra, sin saber que el destino de su ciudad estaba por cumplirse. Cuando ya el último habitante de Troya dormía, rendido por el cansancio y el vino, los héroes griegos salieron silenciosamente del vientre del caballo. Sin que nadie se diera cuenta, abrieron las puertas de la ciudad para que penetrara el resto del ejército, que ya había vuelto de su escondite en las islas y estaba preparado para el ataque. De esta forma, se precipitaron todos los guerreros griegos a través de la muralla, dispuestos a sembrar la destrucción de sus enemigos.

Aquello fue la ruina de Troya. Los griegos atacaron sin piedad y no dejaron a ningún hombre vivo en la ciudad; se llevaron a las mujeres jóvenes como esclavas, saquearon todas las riquezas, vaciando casas y palacios. Finalmente, incendiaron la ciudad, que poco a poco se hundió en cenizas bajo aquella noche sin estrellas, llena de fuego. Menelao recuperó por fin a su mujer Helena, que había sido el motivo de toda la guerra, y se la llevó de vuelta a Esparta, de donde la había secuestrado el traidor Paris.

Para los guerreros griegos que todavía vivían era el momento del retorno a sus casas paternas, tras diez años de ausencia. Con las riquezas que habían obtenido del saqueo de Troya, partieron cada uno a su tierra, sabiendo que su gloria, desde entonces, sería casi infinita; la guerra era ya solamente un recuerdo que los poetas futuros convertirían en música y canto.

Pero en este retorno tan deseado, la suerte de unos y otros fue desigual. Agamenón, el poderoso comandante del ejército griego, llegó rápidamente a su hogar, pero encontró

solo desgracia y muerte; Menelao, su hermano, tardó años en llegar, retenido en costas extranjeras contra su voluntad. Pero quien más penas sufrió fue Ulises, el rey de Ítaca. Protegido por Atenea, odiado por Poseidón, él nunca se olvidó de regresar a su patria, donde lo esperaba su hijo Telémaco, convertido en hombre, y su esposa Penélope, que pasaba los días tejiendo y destejiendo en el telar. Todavía tardó nuestro héroe diez años más en volver, diez años llenos de mar, de monstruos y de cielos revueltos; pero jamás lo abandonaron la constancia y el deseo de volver a su hogar.

Y esta historia que empieza es la odisea del héroe Ulises, rico en ingenios.

I.
LOS CICONES

Con la esperanza de volver a su patria, tan querida, Ulises y sus compañeros aqueos prepararon las naves para la partida. Subieron a bordo todas las riquezas que habían saqueado de Troya como botín de guerra. Izadas las velas y recogidas las anclas, se embarcaron en las naves de lisa proa y surcaron las olas mar adentro. Tras tantos años de lucha, Ulises por fin tomaba el camino a su hogar, en la isla de Ítaca, donde le esperaba su esposa Penélope y su hijo, que era un niño cuando él se marchó.

Pero ya en alta mar, los vientos, quizás por voluntad divina —que a menudo es cambiante y oscura—, no les fueron nada favorables; soplando con fuerza, desviaron las naves de Ulises de su ruta y las llevaron hasta Ísmaros, donde habitaba el pueblo de los cicones; allí fue donde Ulises y los suyos desembarcaron. Según la costumbre de entonces, feroz y sangrienta, los hombres de Ulises destruyeron a todos los cicones que opusieron resistencia y luego saquearon la ciudad, sin sentir pena. Los cicones que habían sobrevivido huyeron hacia las afueras y los griegos, contentos con el botín logrado, no se hicieron a la mar, sino que prefirieron celebrar un gran banquete en el que no faltaron carneros abundantes para cocinar a fuego lento, bien regados con vino oscuro del mejor. No obstante, el prudente Ulises quiso huir con el botín que habían conseguido, pues creía que aquella imprudencia les saldría muy cara; pero, por mucho que insistió, nadie le hizo caso. Y ocurrió lo inevitable.

Los cicones que habían escapado de la matanza corrieron a las montañas de las afueras, donde habitaban otros grupos de cicones, incontables. Y cuando supieron del ataque y el saqueo de los griegos, se reunieron y, bien armados y conducidos por nuevos capitanes, se presentaron en la ciudad, donde los hombres de Ulises pensaban solo en comer, beber y gozar sin pausa. Nunca hubieran imaginado que les caería encima una nube de cicones, tan numerosos como las hojas y las flores de los árboles cuando llega la primavera. Se defendieron a duras penas, bajo la guía de su rey, el valiente Ulises. Después de algunos violentos combates, consiguieron embarcarse de nuevo y huir mar adentro, pero sin los compañeros que yacían en tierra, sin vida: tal había sido la furia vengativa de los cicones.

Consternados por el devastador contraataque que habían sufrido, Ulises y los suyos retomaron rumbo hacia Ítaca, con la esperanza de no verse obligados a detenerse otra vez; pero, una vez pasado el cabo de Malea, un viento de mistral bravo y violento se los llevó más allá de la isla de Citera. Y durante nueve días seguidos las naves de Ulises fueron juguete de los vientos desatados, que les hacían trizas las velas y desarmaban el maderaje del navío. ¡Pobres marineros, que en el mar negro y en el cielo creían ver un monstruo amenazante sobre ellos! Ya pensaban que jamás vislumbrarían su casa natal.

Pero, pasados esos nueve días, el tiempo se calmó y Ulises y los suyos avistaron una tierra desconocida. Tras desembarcar, pudieron sacar agua fresca de unos pozos, y comer así sin preocupaciones. Entonces Ulises ordenó a tres de sus hombres que se adentraran en aquella tierra para ver a qué país habían llegado, qué frutos daba el suelo y qué raza de gente albergaba. Resultó que se trataba del país de los lotófagos, es decir, los comedores de la flor de loto, una flor dulce como la miel, pero que provoca a quien la come el olvido de la patria, de tal modo que, por mucho que uno ame y añore su casa, ya no quiere marcharse de esa tierra tan amena y agradable, en la que nace esta flor tan especial y que tan bien sabe.

Los tres exploradores de Ulises se presentaron ante los lotófagos, que eran gente hospitalaria. Y ellos les invitaron a probar de aquel manjar misterioso y extraordinario que regalaba la tierra.

—Probad, probad, a ver qué os parece —les animaban los lotófagos sin mala intención.

Y los tres infelices así lo hicieron: probaron la flor de loto y la encontraron exquisita de verdad. Y, olvidándose de la tierra de Ítaca, con sus montes poblados de viñas y olivos, declararon que vivirían por siempre jamás en aquel lugar tan maravilloso.

Cuando Ulises se enteró de que no querían embarcarse para proseguir el viaje, se compadeció de ellos; aun así, los cogió por la fuerza y los arrastró hasta las naves, sin hacer caso de sus llantos y quejas. Y en seguida dio orden a sus marineros de zarpar y abandonar aquella tierra, acogedora y alegre, pero donde se corría el peligro de olvidar la casa propia y todo lo que en ella se había dejado. Y, tras partir del país de los lotófagos, las naves del rey Ulises tomaron el rumbo de tramontana.

II.
EL CÍCLOPE

Lejos ya del país de los lotófagos, las naves de Ulises avanzaban lentas, ya que el mar estaba en calma; no había ni un soplo de viento y tenían que empujar los bajíos a fuerza de remos. Y así anduvieron hasta que, tras mucho navegar, llegaron al país de los cíclopes.

Los cíclopes son gigantes terribles. Miran con un solo ojo, que tienen en mitad de la frente: su aspecto infunde gran terror. Son gente salvaje que ha habitado siempre la misma isla, de donde no se moverán jamás. Allí, su tiempo pasa sin leyes, normas ni respeto, y cada uno de ellos procura solo de sí.

Hay otra isla justo en frente de esta, más pequeña, cubierta de frondosos bosques y rica en cabras salvajes; pero está deshabitada, porque los cíclopes no conocen la navegación y no hubieran podido llegar a ella aunque quisieran. Allí fue donde el rey Ulises fondeó las naves y las situó, al amparo de una cala oculta. Y entonces habló así a sus compañeros:

—Quedaos aquí, amigos, mientras mis hombres y yo con mi nave investigamos qué hombres viven en estos parajes, si son arrogantes y violentos o, por el contrario, gente de bien.

Y así Ulises dirigió su nave hasta la isla más grande, de donde se alzaban nubes de humo de las hogueras hechas, seguramente, por los que allí habitaban.

Cuando sus hombres y él desembarcaron, vieron una cueva no muy lejos de la playa, en mitad de una colina riscosa, mirando hacia el mar. Ulises y los demás entraron en ella, encendieron un buen fuego y cenaron. Llevaban consigo una cesta de pan y en la cueva encontraron enormes trozos de queso; tenían, además, un vino oscuro, dulce bebida divina, que tiempo atrás habían regalado a Ulises. Después de comer tan bien, se acurrucaron todos alrededor del fuego. Pero al caer la tarde, se presentó el amo de la cueva, el terrible Polifemo, el más alto y fuerte de los cíclopes, y también el más temido, porque era hijo de Poseidón, el dios de las aguas y los mares. Venía con su pequeño rebaño de ovejas, a las que había llevado a pastar todo el día. Las ovejas eran gigantescas, como proporcionadas a la altura colosal de su dueño. Y cuando el cíclope las hubo reunido en un rincón, cerró la entrada con una roca inmensa, que solo un gigante como él sería capaz de mover.

Polifemo vio entonces a Ulises y a los suyos, y preguntó:

—Forasteros, ¿quiénes sois? —su voz retumbó por las huecas paredes de roca.

—Somos unos aqueos que venimos de Troya, donde combatimos a las órdenes del gran Agamenón, pastor de hombres —respondió Ulises—. Buscamos el camino de nuestro hogar añorado, por el que tanto suspiramos; pero los vientos nos han llevado por otras sendas. Ahora nos ponemos a tus rodillas para pedirte hospitalidad, en nombre de Zeus todopoderoso, el gran dios protector de los desvalidos y peregrinos sin techo.

—Debes de haber perdido la cabeza, forastero —respondió el implacable Polifemo—, si crees que por algún asomo nosotros, los cíclopes, tenemos que preocuparnos de Zeus, que lleva la égida, y de todos los demás dioses. Nosotros valemos mucho más que ellos. Y no dejaré de hacer lo que me venga en gana para tenerlos contentos. Pero antes que nada, quiero que me digas en qué lugar de la isla habéis dejado la nave que hasta aquí os ha traído.

Ulises, desconfiando con acierto de los propósitos del cíclope, le respondió con medidas palabras:

—El gran dios Poseidón, en su furia divina, ha destrozado mi nave y la ha hecho añicos al lanzarla con fuerza suprema contra los riscos de tu región. Solamente los compañeros que están aquí y yo hemos podido sobrevivir a una suerte tan oscura.

Pero Polifemo no dijo nada más y, alargando su mano poderosa, cogió por los pies a dos compañeros de Ulises, los golpeó contra el suelo, les aplastó la cabeza y se los comió tal cual, crudos, sin dejar resto ninguno, ni tan siquiera el hueso más pequeño. Ulises y los demás se espantaron, suplicando con las manos al cielo. El gigante, después de haber vaciado una buena jarra de leche para hacer bajar la vianda, se acostó con su enorme panza hacia arriba y se quedó dormido.

Ulises, lleno de rabia y dolor, tuvo el impulso de hundirle la espada en el hígado, pero, como hombre prudente que era, meditó las consecuencias y se contuvo, porque sabía muy bien que ellos solos no podrían mover la enorme roca que impedía salir de la cueva. Y con el corazón lleno de suspiros, esperó a que se hiciera de día.

Cuando, con sus dedos de rosa, llegó la Aurora, el monstruo se despertó y ordeñó a sus ovejas. Luego, cogió a otros dos hombres del grupo de Ulises y los engulló como desayuno, bien remojados en la leche acabada de ordeñar. Muy satisfecho, movió la roca de la entrada para hacer salir a sus ovejas y se las llevó a pastar, después de haber cerrado de nuevo la boca de la cueva, dejando encerrados a Ulises y a sus compañeros.

El rey de Ítaca reflexionaba sobre cómo podrían escapar de aquel mal trago tan doloroso. Al ver que en un rincón de la cueva estaba el gran bastón del cíclope, que era tan largo como el mástil de una nave, lo tomó y le arrancó un buen trozo. Lo afiló hasta que le dejó una aguda punta y luego lo endureció al fuego. Decidió esconderlo bajo las heces de las ovejas para que el horrible Polifemo no lo viera.

Al anochecer, Polifemo volvió con sus ovejas, que recogió al fondo de la cueva. Las ordeñó y para la cena devoró a dos más de los pobres marineros. Cuando se disponía a remojar la comida con una jarra de leche, Ulises se le acercó con una bota de vino; aquel vino era de lo mejor que llevaban en las naves.

—Ten, cíclope —le dijo Ulises, tendiéndole la bota—. Bebe este sorbo digno de los dioses y ya verás que no hay leche que se le pueda comparar. Este era el presente que te habíamos reservado, como justo agradecimiento a la hospitalidad que nos atrevíamos a esperar de ti. Bebe, y ya sabrás decirme si no es la mejor bebida del mundo.

Polifemo se lamió los labios, tomó la bota y la apuró hasta el poso. En seguida quiso repetir y dijo:

—¡Forastero, dame más de esto! En la isla hay muchas viñas, con cepas que dan uvas dulces y gustosas, y las lluvias de Zeus las hacen crecer, pero este vino, te lo digo, es como una bebida divina, incomparable, gotas de néctar en mi boca.

Y se bebió con mucho gusto la siguiente ronda a la que le invitó el astuto Ulises, y la siguiente también. Así, el terrible cíclope se puso de buen humor, casi amable, y dijo a Ulises que tenía intención de ser considerado con él, para agradecerle el don de aquella bebida de tan buen beber.

—Tú —le prometió—, tú serás el último a quien comeré. Por eso quiero saber cómo te llamas.

Ulises, a pesar del miedo que sentía, tuvo una mordaz idea y le contestó:

—Yo me llamo Nadie, cíclope. Ese es mi nombre y así me llama todo el mundo.

—Pues te prometo que Nadie será el último al que me coma —respondió Polifemo.

Y después de esto, bajo el dulce sopor del vino que se había bebido, se echó en el suelo y se quedó dormido. Sus ronquidos resonaban por toda la cueva. Entonces llegó el momento: Ulises y los suyos cogieron el tronco puntiagudo que tenían escondido y, con todas sus fuerzas, se lo clavaron al monstruo en su ojo único y redondo, justo en mitad de la frente. Mientras los demás aguantaban el tronco, Ulises

lo giraba y lo volvía a girar, para que hiciera más efecto. El cíclope se despertó —el dolor había sido terrible— y se puso a dar gritos desesperadamente, gritos que debieron de llegar a todos los rincones de la isla. Todos los demás cíclopes levantaron la cabeza al oír el estruendo y se reunieron ante la entrada de la cueva de Polifemo. Alzando la voz, para que se les pudiera oír desde dentro, preguntaron:

—Polifemo, ¿qué te pasa? ¿Por qué exclamas de esa manera, con esos aullidos de bestia herida, que rasgan el silencio de la noche oscura y nos quitan el sueño? ¿Es que hay alguien por ahí que te quiere robar el rebaño o que te hace daño con astucia malvada?

—Compañeros —les respondió Polifemo desde el interior de la cueva—. Nadie me mata, no con la fuerza, sino más bien con la astucia.

Al oír esta respuesta, los cíclopes no supieron qué pensar. Quizás al pobre Polifemo se le había apagado alguna luz en la cabeza y se quejaba sin ningún motivo.

—Si nadie te mata y te quejas de esta manera, será que Zeus todopoderoso te ha enviado algún mal al cerebro —le dijeron—. Ánimo, tómatelo con calma y duerme, que mañana será otro día.

Y como todos tenían bastante sueño, se volvieron a dormir sin dar más vueltas al asunto.

Llegó de nuevo la Aurora, que deja el cielo lleno de nubes rosadas. Polifemo, aunque dolorido por la herida y ciego, se levantó y se acordó de sus queridas ovejas, que no tenían ninguna culpa de lo ocurrido y tenían que salir a pastar, como todos los días. A tientas, retiró la roca y se colocó él mismo en la entrada de la cueva. Y para evitar que los marineros huyeran con el rebaño, iba palpando una a una las ovejas mientras salían. Pero el astuto Ulises se abrazó al vientre de un enorme cordero y ordenó a los suyos que hicieran lo mismo. Así pudieron salir todos de aquella cueva siniestra, en la que habían pasado unas horas tan negras. Aunque Polifemo estuvo atento para que no se le escaparan de las manos aquellos prisioneros malditos que lo habían privado de la vista, no pudo evitar el éxito de aquella evasión, porque no pensó que a los griegos se les ocurriría aquella estratagema. Y es que el deseo de libertad aguza el ingenio.

Ulises y sus compañeros volvieron corriendo a las naves que habían dejado escondidas en la cala de la otra isla. Se proveyeron de agua y comida y, veloces, se hicieron a la mar. Al pasar bajo un risco, vieron que en su cima estaba el terrible y cruel Polifemo. Por una vez, Ulises olvidó su proverbial prudencia y no pudo contener su lengua, de modo que dirigió al monstruo estas palabras vengativas:

—¡Polifemo! Si alguna vez alguien te pregunta quién te ha vaciado el ojo, puedes responder que lo ha hecho Ulises, rey de Ítaca; Ulises, el destructor de Troya.

Rabioso hasta el extremo, Polifemo cogió una roca descomunal y la lanzó contra las naves de los griegos. Como no veía, no pudo apuntar; se dejó guiar por el instinto y a punto estuvo de alcanzar una de las naves. Y los griegos, sin más preocupación, se dieron prisa por alejarse de aquellos peligrosos parajes.

Entonces Polifemo recordó que mucho tiempo atrás le habían predicho su desgracia: un tal Ulises de Ítaca le dañaría el ojo y lo reduciría a la ceguera.

—¡Ay, quién iba a decir que aquel renacuajo sería el temible Ulises de Ítaca! —se lamentaba amargamente Polifemo—. Y yo que me imaginaba que sería un gigante poderoso, indestructible...

Y puesto que era hijo de Poseidón, señor de las aguas, le dirigió esta plegaria, vehemente y dolida:

—Te suplico, padre mío, que este Ulises maldito, que tanto daño me ha causado, no vuelva jamás a su patria. Pero si es cosa del destino que regrese a Ítaca, entonces, haz que llegue tarde, sin sus compañeros, en el navío de otro y que encuentre penas en su casa.

Y el dios que el tridente empuña, poderoso y severo, atendió la plegaria desesperada de su hijo.

III.
EOLO Y LOS LESTRIGONES

Las naves de Ulises se alejaron de la isla de los cíclopes, la isla de la que tan mal recuerdo guardarían los que habían salido vivos, con tristeza por los compañeros que allí habían dejado la vida, pero contentos de haber escapado. Y navegando, llegaron a la isla de Eolo, el dios que conduce y gobierna todos los vientos del mundo. Allí vivía este dios con sus hijos, seis jóvenes y seis doncellas, todos ellos alegres y de intachable presencia. Eran amantes de la buena vida y de la buena mesa; pasaban todo el día comiendo, bebiendo y riendo, sin prisas ni preocupaciones. Como se trataba de gente hospitalaria, acogieron atentos a los aqueos, que tantas penalidades habían pasado, y los invitaron a compartir su mesa y su tranquilidad.

¡Qué diferencia con el trato desagradable y hostil que habían recibido, hacía muy poco, del horrible Polifemo! Por eso, los marineros se sentían muy a gusto como huéspedes del generoso Eolo y no pensaban en partir. Pero el rey Ulises ardía en deseos de volver a su país, la lejana tierra de Ítaca, siempre en su recuerdo. Él pensaba que allí le esperaba todavía su fiel Penélope. Ulises no sabía que su mujer, desde hacía ya tiempo, estaba siendo acosada por un numeroso grupo de jóvenes pretendientes que la presionaba para que escogiera entre ellos a un nuevo marido. Estos pretendientes eran rudos y ambiciosos, y deseaban ocupar el vacío que había dejado el señor de la casa. Mientras, Penélope se mantenía fiel a la memoria de su esposo y seguía esperándolo.

Al cabo de un mes de aquella vida tan agradable, Ulises decidió que había llegado la hora de retomar el viaje interrumpido por la hospitalidad de Eolo. Pidió al dios de los vientos una ruta segura que los llevara directamente, sin desviaciones, a la tierra de Ítaca. Eolo, respondiendo a su petición, le dio un odre de cuero muy resistente y bien atado, y le advirtió de que no lo abriera para nada, porque dentro bramaban encerrados los vientos más feroces del mundo: solo había dejado fuera el viento de poniente, cuyo suave soplo empujaría las naves hasta la playa de la patria añorada.

Y Ulises, tras agradecer cortésmente el favor del dios Eolo, se hizo de nuevo a la mar, convencido de que por fin su odisea había acabado. Él mismo gobernó el timón de la nave capitana, noche y día, sin perder de vista el odre que contenía todos los vientos, temeroso de que sus hombres cometieran alguna imprudencia. Y así fue cómo, después de una breve y tranquila navegación, la pequeña escuadra llegó a la vista de Ítaca. Ya podían vislumbrar las luces de las hogueras y los rebaños corriendo por las cimas de las montañas. Pero entonces, el paciente Ulises, rendido por el cansancio y por las larguísimas vigilias, no pudo resistir más los ataques del sueño, que no tiene entrañas, y se durmió.

Y he aquí que a sus hombres se les despertó la codicia: no confiando en las palabras de su capitán, que les había dicho que el odre no contenía nada, sino vientos hostiles, creyeron que en realidad en su interior se escondía un gran tesoro —monedas, máscaras de oro y joyas de plata— que su rey habría recibido del dios Eolo. Creyeron también que Ulises los había engañado con el cuento de los vientos, porque no quería repartir el tesoro con ellos. Al principio, no osaban abrir el saco de cuero, todavía tímidos, pero alguno, más decidido que los demás, se atrevió a pasar a la acción, animando a los demás; y así, los miserables, cogieron el odre y lo abrieron.

Entonces los vientos del mundo, todos libres, salieron y estallaron impetuosos y desataron una tormenta terrible, tormenta que infundía verdadero terror. Adiós de nuevo, Ítaca, querido hogar. Las naves fueron arrastradas de mala manera y fueron a parar de nuevo a la isla de Eolo. Tan pronto como llegaron, Ulises corrió a ver al dios y le suplicó humildemente que lo ayudara otra vez, que dominara bajo su mano el ímpetu de aquellos vientos hostiles. Pero Eolo ya no se mostró hospitalario ni buen anfitrión como la vez anterior: disgustado por la desconfianza de los marineros y por el mal uso del odre, no quiso ayudarlo de nuevo y lo echó de su reino. Y el pobre Ulises no tuvo más remedio que resignarse tristemente. Y de nuevo se hizo a la mar incierta.

Durante seis días seguidos, las naves de Ulises fueron el juguete impotente de los vientos desatados. Hasta que, al séptimo día, fueron a parar al país de los lestrigones. ¿Quiénes eran estos lestrigones, gente de bien o bárbaros impíos? Como nada sabía de ellos, ni tenía noticias buenas ni malas, Ulises destacó a tres de sus hombres como exploradores. Estos fueron tierra adentro, yendo con cautela por los parajes por los que caminaban con paso atento, hasta que se encontraron con una joven que sacaba agua de una fuente y que resultó ser la hija del rey de los lestrigones, el rey Antífates. Los tres marineros se presentaron y le hicieron preguntas sobre aquella tierra; ella, solícita, les mostró los pasos hasta el palacio del rey, su padre, donde serían debidamente atendidos.

Nada más acercarse al palacio, los tres hombres vieron en seguida a la reina, alta y firme como una colina, con cara de hiel y vinagre. Y entonces llegó su marido, el mismo rey Antífates, de aspecto y envergadura acordes con los de su esposa. Y este rey, de entrañas crueles, maquinando ya la perdición de los tres marineros, nada más ver a los aqueos, se lanzó encima de uno de ellos y lo devoró, con goce animal. Sus dos compañeros, horrorizados, huyeron corriendo del lugar y no pararon hasta llegar a las naves para informar al rey Ulises de lo que había pasado.

Entonces, el innoble Antífates lanzó el grito de guerra y empezaron a salir lestrigones y más lestrigones de todos lados, feroces y tan enormes que parecían gigantes. Y desde el risco que cerraba el puerto lanzaban rocas colosales sobre las naves aqueas, mientras estas trataban de huir; pero la salida era estrecha y solamente logró atravesarla la nave de Ulises, la capitana, porque había fondeado en la parte exterior del puerto. Su nave se deslizó mar adentro; las otras, con los queridos compañeros, allí todas se perdieron.

IV.
EL PALACIO DE CIRCE

La nave de Ulises se alejó del país de los lestrigones con los hombres apenados por perder a sus compañeros, pero también contentos por salvar las propias vidas. Sin fuerza alguna en sus corazones, el triste bajel era llevado por la inercia de las olas como una cáscara de nuez perdida entre el vasto mar azul y el cielo.

Y así llegaron a la isla de Eea, a sus colinas pobladas de encinas oscuras. En sus playas estuvieron dos días tendidos, acosados por el dolor y el cansancio, reponiéndose para afrontar las desventuras futuras. Cuando la Aurora trajo el tercero, Ulises inspeccionó la isla desde una colina y no pudo ver ninguna labor de hombre; solamente un hilo de humo que se alzaba perezoso en otro lugar de la isla era indicio de alguna presencia. Bajó de nuevo donde estaban sus hombres, les explicó lo que había visto y decidió hacer dos grupos: uno que mandaría él mismo y otro bajo las órdenes de su primo Euríloco.

Echaron a suertes cuál de los dos grupos se adentraría en la isla para explorar y la fortuna decidió que fuera el grupo de Euríloco. Los demás, mientras, esperarían en la cala donde habían fondeado la nave. Con el corazón en un puño y la mente llena de negros presagios, Euríloco y su pequeña tropa caminaron por la isla, entre la fronda oscura de las encinas, hasta que vieron, al abrigo de un claro, una casa de piedra pulida. Alrededor había leones y lobos que no los atacaron; por el contrario, salieron a recibirlos festivamente, mansos, mientras movían la cola como perros falderos. Aquella casa era el palacio de la diosa Circe, hija del Sol, de crueles instintos, la cual encantaba con pócimas mágicas a los que a su puerta llamaban. El grupo de hombres oyó entonces que su voz salía del interior del palacio, mientras entonaba una canción delicada y melodiosa que resonaba por las paredes. Con el ánimo enternecido la llamaron y ella salió a recibirlos. Circe, la maga, los invitó a entrar en su palacio. Todos aceptaron, sin saber lo que hacían, todos excepto el capitán Euríloco, que se quedó fuera sospechando algún engaño, tan prudente como el mismo Ulises.

E hizo bien el cauto Euríloco. Circe ofreció asiento a sus huéspedes en sillas y divanes, y les sirvió platos de harina de cebada con miel y queso en los que había puesto un perverso licor para encantarlos. Así, cuando los hombres acabaron de comer, la maga solo tuvo que darles un suave toque con su varita y se transformaron todos en lechones de morro redondo. Circe los llevó hasta el establo y allí los encerró. Ellos gruñían como cerdos, pero lloraban al verse en tal estado; y Circe les arrojaba bellotas, bayas y otras cosas que comen los cerdos que por el suelo se revuelcan.

Euríloco, que lo había visto todo desde fuera, corrió espantado hasta las naves. Al llegar, entre llantos y suspiros explicó a Ulises el horror que había presenciado. Cuando el rey lo hubo oído, sin pensárselo dos veces, cogió su arco y su espada de bronce para correr en ayuda de sus compañeros, que yacían en el fango comiendo como bestias. Sus amigos lo abrazaban; no querían que se fuera, pues temían por su vida, pero Ulises se desató de su abrazo y con paso decidido se adentró en la isla, directo al palacio de Circe.

Mas Ulises era querido por los dioses celestes y en aquella ocasión lo salvaron también de un humillante final. Camino de las casas de Circe, se le presentó Hermes, el dios de pies alados, mensajero de Zeus y de los demás habitantes del Olimpo divino. Ulises se detuvo ante la visión del dios, que le previno contra Circe y sus hechizos malignos y le dio, además, una hierba mágica, remedio de los dioses, para protegerse de cualquier tipo de magia.

Y así se presentó el valiente Ulises en el palacio de Circe, quien lo acogió con la más prometedora de las sonrisas y le ofreció probar sus delicias y manjares, en los que había vertido el veneno traidor. Ulises comió, impasible, y su forma no cambió; no le creció una cola torcida ni un morro gruñón, por mucho que Circe lo tocó con su varita. Entonces Ulises desenvainó furioso su espada de hoja afilada y la amenazó con la muerte; ella, espantada ante la inmunidad y la furia de aquel extranjero, protegido, sin duda, por la mano de los dioses, le suplicó piedad y le ofreció la verdadera hospitalidad de sus estancias. El prudente Ulises, espada en mano, le respondió así:

—Circe, ¿cómo esperas de mí que coma en una mesa llena de gustosa comida mientras mis compañeros se revuelcan como cerdos en el establo, tendidos en el barro? Júrame, si me quieres como huésped, que los liberarás de sus formas bestiales y que no tendremos que temer ningún daño de ti a partir de ahora.

Circe, cautivada ya por la firmeza de Ulises, juró aquello que se le pedía. Hizo que le trajeran a los marineros, convertidos en infames lechones, les hizo unas friegas con ungüentos de una jarra y recobraron su forma original, de hombres hechos y derechos, incluso de mejor aspecto, más altos y fuertes. Cuando así se vieron, corrieron a abrazar a su rey y le besaron las manos, agradecidos. Todos se sentaron en la mesa que Circe había preparado, con los manjares más exquisitos y los vinos más dulces, para comer casi como los mismos dioses.

Entonces, Circe sugirió a Ulises que volviera a la cala en la que habían fondeado la nave, donde lo esperaba el resto de sus compañeros. Le dijo que hiciera salir la nave del agua, que escondiera todo aquello que en ella hubiera de valor y que volviera al palacio con el resto de su gente, para que ellos también disfrutaran de su hospitalidad. Y así lo hizo el buen Ulises: fue hasta la cala y habló con sus hombres, pero ellos, aterrorizados todavía por el relato de Euríloco, se negaban a seguirlo. Mucho le costó a Ulises convencerlos, sobre todo, al prudente Euríloco, pero finalmente accedieron a acompañarlo hasta las salas de Circe. Allí también probaron ellos los platos más sabrosos y el vino de placentero beber.

Así fue como Ulises y sus compañeros estuvieron días y días sin hacer otra cosa que comer y beber, descansar y dormir tanto como les vino en gana. En banquetes sin fin y generoso vino, las nubes del cielo pasaron durante un año entero.

V.
LA CONSULTA
DE LOS MUERTOS

¡Qué poderoso es el deseo de volver al país natal, a la tierra que guarda nuestra infancia y todos nuestros recuerdos! La misma Circe de ojos claros se dio cuenta de que ese sentimiento se apoderaba de los aqueos a los que hospedaba en su hogar y de su capitán, el prudentísimo Ulises. Y, al fin, él mismo se decidió a dirigir a la maga estas aladas palabras:

—Es tiempo ya, Circe, de que mi nave busque de nuevo la isla de Ítaca y de que las velas soplen y los remos batan las aguas con dulce rumor. Tú, que conoces los secretos del mar y de la tierra oscura, dinos qué debemos hacer para volver a nuestra patria.

Circe, que también conocía los secretos del alma de los hombres, sabía que nada podría oponerse al deseo de Ulises y que él no descansaría hasta volver a Ítaca.

—No te será fácil, ingenioso Ulises —le contestó la maga—, dictar a tu proa el rumbo que te lleve a tu querida patria. Poseidón, señor de las aguas, te ha echado un mal de ojo encima porque tú cegaste a su querido hijo Polifemo, el más alto y fuerte de los cíclopes. Solamente podría guiarte con acierto Tiresias el tebano, el famoso adivino. Ahora ya no camina entre los vivos, sino que habita en la casa de los muertos, donde la negra Perséfone reina sobre las almas difuntas. Allí, Tiresias tiene todavía el poder de ver el futuro, poder que tanta fama le dio entre los pueblos.

—Y entonces, maga, ¿cómo haré para consultar a Tiresias el adivino? —preguntó inquieto el noble Ulises.

—Tendrás que descender al país de las sombras eternas.

—¿Y quién nos guiará, y cómo llegaré hasta allí, si todavía estoy vivo? Nunca he sabido de nadie que, aún respirando, haya visitado esa región tenebrosa.

—Buen Ulises, no tienes más que izar la vela de tu nave y sentarte a esperar en la proa —respondió Circe—. Confíate a los soplos del cierzo, que favorable y propicio te conducirá, sin rodeos, al término deseado. Una vez atravesado el océano, hallarás una extensa ribera, muy baja, donde confluyen tres grandes ríos. Todos nacen de la laguna Estigia y fluyen hacia el interior de la tierra. En esa playa podrás contemplar los bosques sagrados de Perséfone, una negra arboleda que da solo frutos muertos.

Estas cosas dijo Circe, y también muchas otras, pues explicó todos los ritos secretos que tenía que cumplir para invocar con éxito al espíritu del adivino tebano. Ulises escuchó y memorizó con todo detalle las instrucciones de Circe.

Y así, hablando, llegó la Aurora de trono de oro. Cuando fue mañana entrada, Ulises reunió a sus compañeros y les hizo saber que ya era hora de retomar el camino hacia la tierra paterna. Y todos sintieron un gran alborozo y lo celebraban porque no sabían que primero pasarían por la tierra de las sombras. Todos los amigos sentían una gran alegría, pero el más joven de ellos, de nombre Elpénor, que no era muy sensato, se puso a celebrar la partida bebiendo dulce vino sin medida. Y del sueño que le vino, se puso a dormir en el terrado del palacio de Circe. Al sentir el bullicio de los demás, que preparaban la marcha, se levantó medio dormido sin recordar que debía usar la escalera para bajar de nuevo; así, cayó del terrado, se partió el cuello y su alma voló para hundirse en las sombras.

La nave de Ulises, con la vela bien izada y abierta, navegó toda la noche impulsada por el soplo del cierzo, hasta que llegó a los confines del océano, donde nunca antes ningún vivo había puesto los ojos. Era la gélida tierra de los cimerios, que siempre recubren tinieblas nocturnas y niebla opaca.

Cuando los hombres de Ulises entendieron dónde estaban, aquella alegría inicial les huyó del corazón, y el color de la cara y los labios. Dolientes y tristes, temblaban de miedo: lágrimas les caían mejillas abajo.

Vararon la nave y Ulises reconoció el lugar del que Circe le había hablado. Dejó a los compañeros en la nave y se adentró en aquel terreno oscuro, acompañado solo por Perimedes y Euríloco. Entre los tres llevaban todo lo necesario para los ritos que era preciso llevar a cabo.

Cuando llegaron a la confluencia de los tres ríos, Ulises sacó su espada y con ella cavó una pequeña fosa, donde vertió leche con miel, vino dulce y, al final, agua pura, en honor a todas las almas difuntas. Luego, esparció por encima cándida harina y convocó a los muertos, prometiéndoles que, al regresar a Ítaca, les sacrificaría la mejor vaca de sus establos. Entonces, tomó un cordero y una oveja de negro pelaje que Circe le había regalado y les cortó el cuello. Corría negra la sangre sobre el hoyo y al momento empezaron a llegar nubes de almas difuntas: doncellas, jóvenes varones, hombres guerreros de pecho sangrante, ancianos de barba canosa, todos como estrago cruel de la vida mortal sobre la tierra. Llegaban en gran multitud de gemidos y llantos, y Ulises se llenó de pálido miedo, pero, imponiéndose, ordenó a sus amigos que quemaran los cuerpos de los dos animales sacrificados mientras invocaban a Perséfone y al oscuro Hades, soberanos de aquella región sin luz. Y se quedó solo Ulises, vigilando que ninguno de los muertos se acercara a la sangre derramada, que ansiaban beber.

De entre todos, destacó primero uno que ya conocía, el desdichado Elpénor, que había muerto hacía muy poco en las casas de Circe, donde su cuerpo aún yacía insepulto y sin duelos. Brotó el llanto en los ojos de Ulises, que le dirigió aladas palabras:

—¿Cómo has llegado, Elpénor, a este hogar de tinieblas? ¿Menos has tardado tú, yendo a pie, que yo en ligero navío?

—Ulises, rey de Ítaca —gimió el alma de Elpénor—, me perdieron el sueño y el vino excesivo. Mi cuerpo quedó donde Circe, a merced de las aves y el viento inclemente. Por todos los tuyos, por tu isla, por tu hijo, rey, te imploro que cuando vuelvas a la isla de Eea no me dejes allí en soledad; incinera mi cuerpo vestido de armas y levanta una tumba ante el mar que hable de mí a las gentes futuras. Solo así esta alma podrá calmar su incansable llanto.

Y así lo prometió el buen Ulises, apiadándose de su antiguo amigo.

He aquí que entonces se le acercó el alma medio borrosa de su propia madre, la reina Anticlea, que aún vivía cuando él había partido de las costas de Ítaca. Ulises no le permitió acercarse a la sangre, pero no pudo contener lágrimas de dolor al saberla muerta. Se acercó por fin la sombra de Tiresias el tebano; Ulises envainó la espada y le permitió beber de la sangre oscura del hoyo. Entonces habló así la sombra del adivino:

—Rey Ulises, ansías volver a tu querida patria, pero un dios te dará un regreso penoso. Poseidón, que bate las tierras, te guarda un rencor perdurable por el mal que hiciste a su hijo Polifemo, y hará todo lo posible para que no lleguéis a casa. Pero, con todo, podríais verla de nuevo si retienes el ardor de tus hombres: está escrito que pasaréis por la isla de Trinaquia, donde pastan las vacas del Sol, que todo lo mira y todo lo escucha. Respetad a esas vacas y no las dañéis, porque, de lo contrario, ¡pobres de vosotros! Será la ruina de tu nave y de tus amigos, aunque quizás tú te salves y alcances tu hogar; pero llegarás mal y tarde, muertos todos los tuyos, sobre nave extranjera, y en casa hallarás nuevas penas.

Dio otro sorbo de sangre la triste sombra de Tiresias y luego siguió hablando:

—Una tropa execrable de hombres orgullosos se han instalado en tu palacio, comen de tu despensa y beben de tu bodega, dilapidan tus bienes y, además, pretenden a tu

esposa, la fiel Penélope. Esperan a que ella escoja a uno de ellos como nuevo marido, porque no piensan en tu regreso al hogar. Vengarás su insolencia, no hay duda, con la espada y la astucia por igual. Entonces estallará un gran motín en tu pueblo, porque las familias de los pretendientes muertos querrán vengarse de ti. Pero tú actúa en consecuencia y defiéndete, hasta que un dios intervenga en la lucha y le ponga final. Si superas este último trance, reencontrarás tu lugar como rey entre tus súbditos, entre tu familia, hasta que te llegue una muerte tranquila en la vejez, sin más sufrimientos.

Así habló el viejo Tiresias, que luego se retiró para desaparecer en la negra boca del Hades.

Vio Ulises de nuevo a su madre, Anticlea, y esta vez le permitió beber la sangre.

—Hijo mío —gimió la anciana sombra—, ¿qué caminos te han traído hasta aquí, el país de las brumas, tan difícil de ver para los vivos?

—Madre —contestó Ulises, doliente—, tuve que bajar para buscar el consejo del alma del adivino Tiresias. Pero contéstame ahora tú a esto: ¿qué mal te trajo hasta aquí y te robó de la vida bajo el sol? Y cuéntame sobre mi padre, mi hijo y su dulce madre; ¿todavía esperan mi vuelta?

—Hijo —respondió la anciana—, todos sienten la pena de tu ausencia y lloran por ti, creyendo que no volverás jamás a la tierra de Ítaca. En tu casa los pretendientes estorban a Penélope, tu dulce esposa, que se mantiene firme a tu memoria. En cuanto a mí, hijo mío, no fue la enfermedad lo que me llevó, ni la vejez madura que seca la piel. No, hijo, fue mi pena por ti, fue tu recuerdo lo que, mezclado en cariño y dolor, puso fin a mis días.

Ulises sintió entonces el impulso irrefrenable de abrazar a su madre difunta. Pero tres veces que trató de abrazarla, tres veces ella escapó de sus brazos, como un sueño alado, hasta que se hundió de nuevo en las sombras.

Más almas difuntas le envió la diosa Perséfone, que rodeaban a Ulises y le hablaban con bocas vacías. Entre ellas se distinguió entonces el gran Agamenón, pastor de hombres, que en vida había dirigido la expedición de los griegos contra Troya. Ulises no sabía que su general hubiera muerto y le preguntó emocionado qué le había pasado, si había caído en el furioso mar o en alguna guerra en tierras lejanas. Y le habló Agamenón con estas oscuras palabras:

—Ulises, rey de Ítaca, nada de eso fue mi perdición; ¡fue mi propia esposa Clitemnestra y su traidor primo Egisto, que dispusieron una trampa terrible en mi propio palacio! Cuando volví a Argos, mi país, desde la guerra de Troya, todos me recibieron con alegría y muchos honores. Pero ya en el banquete de celebración, cuando más confiado estaba mi ánimo, saltaron sobre mí y con traicionera espada hicieron correr mi sangre. ¡Si la hubieras visto derramarse mezclada con el vino de las jarras! De esta cruel manera, mi propia esposa y su primo me arrebataron la corona y, con ella, el gobierno de todo mi reino. Tú mismo, buen Ulises, no seas imprudente y, cuando llegues a casa, vigila bien en quién confías: no reveles a nadie tus secretos.

Tras decir esto, la sombra del rey desapareció. A continuación se presentó el alma del heroico Aquiles, el mejor guerrero de los griegos que habían ido a la guerra de Troya. Se maravilló de la presencia de Ulises, único vivo en el país de los muertos, y ambos derramaban oscuras lágrimas.

—Aquiles, el más valiente de todos los guerreros —le dijo el buen Ulises—, veo tu cara llena de sombra, por la tristeza de habitar esta casa de almas. De entre todos los soldados, eras para nosotros el más insigne y, al luchar, te parecías a los dioses. ¡Qué glorioso final tuviste! Aquí también eres el más ilustre de los muertos y entre ellos mereces tanto honor como lo mereciste en vida. Por eso, noble Aquiles, no te duelas ni estés triste.

—No intentes consolarme, prudente Ulises, de la muerte —contestó el otro—, que yo preferiría ser el más pobre de los jornaleros, empleado a sueldo de cualquier hombre, entre los vivos, que reinar sobre todos los muertos.

Otras almas flotaban en torno, cada una explicando sus penas; solamente una permanecía a lo lejos sin querer acercarse: el alma de Áyax que, junto al mismo Ulises, había combatido en el campo de Troya. Tras la muerte de Aquiles, sus armas espléndidas le fueron concedidas a Ulises como botín, pero Áyax creía merecerlas más que nadie. Y todavía en el Hades su alma estaba llena de ira.

—¡Áyax, de noble linaje, buen guerrero! —le habló Ulises con suaves palabras—. ¿Ni en la muerte podrás olvidar el rencor por las armas de Aquiles? Tanto perdimos los griegos con él como contigo. Acércate, príncipe, y escucha más cosas que te diré. Reprime tu furia y tu orgullo.

Pero él no respondió y se alejó de allí hasta confundirse con los demás mortales sin vida, al fondo del Hades.

A Ulises le hubiera gustado ver todavía las almas difuntas de otros célebres personajes, pero comenzaron a reunirse miles y miles de sombras y tinieblas que chillaban como pájaros. Al héroe se le llenó el corazón de terror y prefirió partir, no fuera a enviarle la reina Perséfone pesadillas peores desde el Hades. Volvió velozmente a la nave y en seguida ordenó a sus compañeros soltar amarras. Condujeron la nave hasta el río océano y surcaron sus olas, a fuerza de remos primero, después con la mejor de las brisas.

VI.
LOS CONSEJOS DE CIRCE

Cuando llegó, con sus dedos de rosa, la temprana Aurora y el día empezaba, la nave de Ulises llegó otra vez a la isla de Eea, donde Circe tenía su palacio. La fondearon y saltaron a tierra, y se acostaron sobre la arena templada de la playa para reposar unas horas. El sueño les rindió suavemente los párpados.

Luego el magnánimo Ulises recordó la promesa que había hecho a la sombra del desdichado Elpénor y envió a algunos compañeros a las casas de Circe para que le trajeran su cuerpo inerte. Después, tras apilar leños y matojos en forma de promontorio fúnebre, lo quemaron vestido con sus armas. Cuando el hombre y sus bronces eran ya solo ceniza, levantaron un túmulo y lo marcaron clavando un remo en el suelo, el remo que él, cuando estaba vivo, empuñaba. Les caían a todos por la cara amargas lágrimas, por la memoria de su triste amigo.

Al saber Circe de la vuelta de Ulises, se acercó a la playa acompañada por sus amables sirvientas, que traían pan abundante, carne y vino rojizo. Cuando estuvo entre los marineros, les dijo estas palabras:

—Desdichados mortales que, estando vivos, habéis visitado ya el reino de Hades, dos veces habréis visto la muerte al final de vuestras vidas, cuando todos los demás la ven solo una. Pero sois afortunados también, puesto que habéis regresado de ese oscuro paraje. Sed bienvenidos, comed y bebed hasta que tengáis bastante; yo os explicaré el rumbo que debéis tomar para llegar a vuestro hogar y evitar, así, todos los peligros de la ruta.

Los hombres comieron gustosos los manjares que les habían traído y, al caer la tarde, yacían plácidamente dormidos. Entonces Circe llevó al benévolo Ulises a un lugar aparte para hablarle de los desafíos que aún le esperaban en su viaje.

—Escucha bien —empezó a decir Circe— lo que ahora te diré, ya que de ello depende que tu travesía llegue a buen puerto. Lo primero que encontrarás al reanudar tu marcha será la isla de las Sirenas, que encantan a los hombres que por allí navegan. Los que oyen sus cantos no regresan nunca más a casa con sus mujeres e hijos, porque se lanzan al mar para llegar a nado hasta la isla; sus huesos pelados se apilan en las rocas donde las Sirenas entonan su canción. Para sortear este peligro, tapa con cera blanda las orejas de tus compañeros, de manera que no puedan oírlas; y si tú insistes en escuchar el canto, ordénales que te aten al mástil de la nave y que por nada te suelten de él.

Hizo una pausa la maga Circe, dejando que Ulises pensara sobre lo que le acababa de decir. Luego siguió hablando de este modo:

—Una vez que tu nave se haya alejado de la isla de las Sirenas, serás tú quien decida qué ruta deberéis tomar después. Hay una que pasa muy cerca de las llamadas rocas Errantes, que son unos riscos altísimos y escarpados contra los cuales la resaca estrella todas las naves que se atreven a pasar: ni uno de sus pobres tripulantes sale vivo. El otro camino lo forma un canal estrechísimo situado entre dos escollos temibles, el de Escila y el de Caribdis. En el primero hay una cueva sin fondo en la que habita el monstruo Escila: oirás al pasar sus terribles aullidos. Tiene doce patas, pequeñas y deformes, y seis cuellos larguísimos que acaban, cada uno de ellos, en cabezas horribles. Sus seis bocas tienen tres filas de dientes que siembran la muerte en todo ser que se mueva cerca. Su cuerpo nunca sale de la profunda gruta, pero los seis cuellos sobresalen para pescar animales de mar o pobres marineros que, con sus barcas, navegan por aquel lugar. Cada cabeza se cobra a un hombre y lo devora sin piedad.

Circe siguió con sus indicaciones diciendo lo siguiente:

—El otro escollo, que está enfrente, es más bajo. Allí brota una frondosa higuera silvestre y, justo debajo del risco, ingiere las aguas oscuras la terrible Caribdis. Tres veces al día las sorbe, tres veces las vomita después y es imposible que ninguna nave soporte el tremendo remolino que forma. Engulliría también tu nave, Ulises, si te acercaras más de lo debido. Por eso es mejor que te pegues a la roca de Escila, pues es preferible perder a seis hombres solamente a hundirte tú mismo con todos.

—¿Y no podría, divina Circe —preguntó Ulises—, evitar a Caribdis la fatídica al tiempo que me defiendo de Escila, para que no se coma a seis de mis fieles amigos?

—Por dignas que hayan sido tus hazañas en combate —le respondió Circe—, contra Escila tu coraje sería inútil. Resígnate a la voluntad de los dioses y navega velozmente por el escollo del monstruo. Acepta pagar el tributo inevitable de seis de tus hombres.

Acató Ulises el consejo y bajó la mirada en silencio por el dolor que iba a sufrir. Prosiguió hablándole Circe de esta manera:

—Cuando hayas pasado el estrecho bordeando el escollo de Escila, llegaréis a la isla de Trinaquia. Allí pastan tranquilas las vacas del Sol, junto a unas hermosas ovejas. Son animales permanentes que ni se reproducen ni mueren. Si no tocáis las vacas, podréis regresar a las tierras de Ítaca, con no pocas penas y esfuerzo. ¡Pero, pobres de vosotros si causáis algún daño a las reses! Sería la ruina de tu navío y de tus amigos. Y, si quizás tú te salvaras y alcanzaras tu hogar, llegarías mal y tarde, con todos los tuyos muertos, sobre nave extranjera, y en casa hallarías más penas.

Estos fueron los consejos que la divina Circe dio al valiente Ulises. Cuando llegó de nuevo, con dedos de rosa, la temprana Aurora, y vistió el cielo de rojo, Circe abandonó por siempre jamás la compañía de Ulises y volvió, playa arriba, a sus estancias.

Él regresó a la nave, donde ya lo esperaban sus compañeros. Les ordenó que dispusieran el bajel y tomaran los remos para surcar de nuevo el anchuroso mar.

VII.
EL CANTO DE LAS SIRENAS

Dejando atrás la isla de Eea, la nave de Ulises surcó ligera las olas, impulsada por una brisa propicia que la divina Circe enviaba. Cuando se hubieron alejado bastante, el rey ordenó a todos sus hombres que depusieran los remos y los reunió en torno a él, que se sentaba solo a manejar el timón. Entonces les dijo estas aladas palabras:

—Amigos, no sería justo que solamente uno o dos de todos nosotros conociéramos los augurios que Circe me ha hecho saber. Por eso, ahora os los relataré para que los conozcamos todos, tanto si vamos a morir como si podemos evitar los peligros y continuar nuestro viaje. En primer lugar nos enfrentaremos a las Sirenas y a sus canciones hechiceras, que pierden a los hombres en el mar y en las afiladas rocas. Yo querré escucharlas y saber qué dicen con su canto: por eso, amigos, me ataréis con fuerte nudo al mástil de nuestro navío, para que no pueda moverme y saltar al agua. Y por mucho que yo os implore que me liberéis y os lo ordene, vosotros no me haréis ningún caso y me sujetaréis todavía mejor.

Y los compañeros prometieron obrar de esta manera. Así, impulsada por un viento favorable, la nave llegó a las cercanías de la isla de las Sirenas. Entonces la brisa dejó de soplar y una calma profunda se adueñó de todo el mar, como si un dios alisara las olas. Los marineros recogieron las velas y las guardaron, y empuñaron los remos batiendo las espumosas olas.

Ulises, con su agudo bronce, hizo pedacitos un pan de cera y los fue pellizcando hasta ablandarlos bajo la luz del sol. Con esos trozos de cera tapó las orejas de sus hombres, de modo que no pudieran oír nada. A continuación, los hombres sujetaron al propio Ulises al mástil de la nave, con nudos tan fuertes que era imposible que se deshiciera de las cuerdas. Y volvieron a sentarse para seguir batiendo las aguas.

Cuando ya pasaban la isla maldita, empezó a oírse una canción sonora, porque las Sirenas habían notado la presencia de aquel pobre navío y alzaban su voz para llegar hasta él:

—Ven, ven aquí, espléndido Ulises,
gloria de tu país y de los tuyos.
Detén tu marcha un momento y escucharás
nuestra canción. Nadie que transita
estos mares se resiste a nuestra voz,
que, como miel, nos fluye de los labios.
Quien la escucha sigue su viaje más feliz,
con la mente más clara, porque sabe
otras mil cosas que antes no sabía.

Nosotras vimos la guerra de Troya
y vemos además todo aquello
que ocurre por la entera tierra.

Así es como las Sirenas cantaban, exhalando su bellísima voz. Y Ulises, que no podía resistir su dulzura, se debatía en las cuerdas haciendo señales a sus hombres para que lo desataran del mástil y poder, así, acercarse a las Sirenas. Pero sus compañeros, obedeciendo sus órdenes primeras, seguían remando mientras dos de ellos se levantaban a reforzar las ataduras que a su rey sujetaban.

Llevada la nave a lo lejos por la fuerza de los remos, ya no se oyó más la voz ni el melodioso canto de las Sirenas. Entonces los hombres de Ulises se quitaron los tapones de las orejas y desataron del mástil a su capitán.

VIII.
ESCILA Y CARIBDIS

Tan pronto como la isla se perdió en el horizonte, vio Ulises el vapor de olas inmensas y sintió unos bramidos terribles alrededor. Poseídos por el miedo, los marineros abandonaron los remos, así que la nave quedó inmóvil en mitad de las olas. El valiente Ulises recorrió el bajel de proa a popa, exhortando uno a uno a sus compañeros con palabras de ánimo:

—Amigos, nosotros ya sabemos muy bien qué es el peligro y casi la muerte. Y estos peligros que ahora se ciernen sobre la nave son peores que aquellos que vencimos en la isla del fiero Polifemo. Pero salimos airosos, gracias a mis decisiones y juiciosos consejos, y con el tiempo confío en que esto también será solo un recuerdo. Así pues, haced lo que voy a deciros. Remad sin desmayo, por si Zeus todopoderoso nos concede salir de este mal paso; tú, piloto, que gobiernas la nave, apártala de esta niebla y de esta resaca furiosa, y bordea el escollo sin miedo, no sea que el torbellino nos trague.

Sus hombres tomaron de nuevo los remos con prisa. Pero Ulises, prudente, para que no se alarmaran y dejasen de remar, prefirió no decir nada de lo que Circe le había advertido: que seis de ellos tendrían que ser presa fatal del hambre de Escila.

Y olvidando esas mismas advertencias, Ulises se armó con dos grandes lanzas y subió al puente de la nave, por la parte de la proa, con la intención de enfrentarse a Escila y evitar que devorase a seis de sus amigos. Él esperaba divisar el primero al monstruo y combatirlo, pero no lo supo distinguir por ningún lado y se le fatigaron los ojos de tanto mirar. Así navegaban por el estrecho, con la amenaza de Escila por un lado, del otro temerosos de Caribdis, que tragaba las aguas con terrible fragor y después las escupía a borbotones, al igual que una caldera cuando al fuego hierve. Y mientras todos tenían la mirada clavada en el torbellino de arenas oscuras que vomitaba Caribdis, de pronto Escila sacó sus cabezas y raptó de la nave a sus seis mejores hombres. Ulises solo tuvo tiempo de ver sus manos y pies colgando en el aire, mientras los pobres desgraciados gritaban su nombre por última vez. Igual que un pescador empuña su caña y arroja a las aguas el cebo para que piquen los peces que, palpitantes, con fuerte tirón luego saca del mar, así Escila sacó a los seis hombres del barco hasta llevarlos al risco. Allí los tristes fueron devorados por el monstruo, mientras chillaban y alargaban los brazos hacia Ulises, para pedir inútilmente socorro en su agonía.

Sin duda, fue esta la cosa más triste que Ulises vio con sus ojos de entre todos los trabajos que sufrió mientras recorrió las rutas salobres del mar.

IX.
LOS REBAÑOS DEL SOL

Así la nave dejó las tenebrosas rocas de Escila y Caribdis y se acercó a la vista de la hermosa isla Trinaquia, donde pastaban tranquilos los rebaños del Sol, vacas de ancha frente y hermosas ovejas. Entonces, el prudente Ulises recordó la profecía del adivino Tiresias y también los consejos de Circe a propósito de aquellas bestias. Se dirigió a sus hombres de esta guisa:

—Conozco bien, amigos míos, los males que habéis sufrido y vuestra necesidad de reposo. Pero ahora os tengo que recordar los pronósticos de Tiresias el tebano y los de Circe: ambos recomendaron que no nos acercáramos a la isla del Sol, que pasáramos de largo, ya que mayores desgracias nos vendrían por pisarla. Os pido, pues, que reméis con coraje y sigamos nuestro camino por el mar.

Los hombres oyeron las palabras de su rey con mala cara y quejas frecuentes. Y Euríloco, sintiendo el malestar de todos, respondió con enojo:

—Tu fuerza, Ulises, y tu presencia de ánimo van más allá de cualquier medida, pues eres como de hierro y nunca te cansas. Pero tus compañeros estamos rendidos de sueño y fatiga, y nos prohíbes poner los pies en aquella isla, donde tendríamos manjar y descanso. Tú querrías continuar en mitad de la noche profunda, a tientas, sin pensar que por la noche es cuando surgen los vientos adversos, que son la perdición de las naves. ¿Cómo podemos escapar del naufragio si se levanta viento en la bruma negra y nos astilla el bajel, aunque no lo quieran los dioses? Más juicioso, Ulises, es parar en esta isla, donde podremos cenar en la playa y recuperar las fuerzas. Ya embarcaremos al alba otra vez y surcaremos el mar.

Esto es lo que dijo Euríloco, al que apoyaron los otros amigos, visiblemente de acuerdo. Ulises, comprendiendo que un dios les preparaba un nuevo desastre, respondió así al discurso de Euríloco:

—Estoy solo ante todos vosotros, Euríloco, y por fuerza tengo que ceder. Pero reuníos aquí un momento y prometedme con gran juramento que, si encontramos allá en la isla los rebaños de ovejas o vacas del Sol, ninguno de vosotros matará ni carnero ni res, sino que comeremos todos tranquilos de los víveres que la generosa Circe nos dio.

Todos los hombres hicieron sin más el juramento. Atracaron la nave a una cala de la isla, junto a un riachuelo de agua dulce, y allí prepararon la cena. Cuando saciaron su hambre, no pudieron evitar el llanto al recordar a los buenos amigos que Escila había devorado tras robarlos de la cóncava nave. Así los encontró el sueño, que los durmió quitándoles la pena. Hacia el final de la noche, Zeus, que agrupa las nubes, les envió un torbellino de viento feroz, envolviendo de gris todo el mar y la tierra. Cuando por la mañana brilló rosada la Aurora, viendo los marinos el cambio del tiempo, sacaron la nave del agua y la resguardaron en una gruta del risco, esperando una mejora del cielo. Entonces, el prudente Ulises reunió a sus hombres y les habló de este modo:

—Amigos, por suerte tenemos víveres y suficiente vino oscuro en la nave. Por eso, no hace falta que toquemos las vacas ni las ovejas que pastan en esta isla, ya que son del Sol, poderoso dios que todo lo ve, todo lo oye.

Y los hombres de Ulises dijeron que así obrarían. Pero durante todo un mes sopló aquel austro, que no alternaba con ningún otro viento. Mientras duró la despensa de la nave, los compañeros no tocaron los rebaños del Sol, pero cuando se acabaron los víveres, el hambre empezó a roerles el vientre y daban vueltas por la isla intentando pescar algún pececillo o cazar algún ave con que saciar el apetito. Y Ulises hacía votos a los dioses para que los libraran de aquel mal; entonces los dioses le pusieron en los párpados un dulce sueño. El desventurado Euríloco volvió de nuevo a influir en los otros con malos consejos:

—Escuchadme, amigos, lo que voy a deciros: todas las muertes son terribles, pero hallar el fin en el hambre es más triste que nada. Solo nos queda un camino: tomemos algún carnero del Sol y comamos. Cuando lleguemos a nuestra querida Ítaca, si es que alguna vez llegamos, levantaremos al dios Sol un magnífico templo y lo llenaremos de ofrendas. Quién sabe si, por amor a sus rebaños, este dios nos estrellará la nave y nos impedirá el retorno. Pero, por mi parte, prefiero acabar mi vida tragado de golpe por las olas violentas antes que irme secando, días y días, en esta isla de mala muerte.

Todos los compañeros aprobaron las palabras de Euríloco y, sin pensárselo dos veces, cazaron unas vacas rollizas que por allí pastaban plácidamente. Encendieron una hoguera y, con la misma grasa de los animales muertos, cocieron los mejores trozos de los muslos. Y aunque no tenían vino para acompañar aquel banquete suculento, les bastó el agua clara que corría por el riachuelo.

Se despertó entonces Ulises y en seguida advirtió lo que habían hecho sus hombres. Sollozando, clamó de esta forma a los dioses:

—¡Padre Zeus y todos los dioses que comparten tu gloria! No hay duda de que me habéis enviado un sueño cruel, porque, mientras yo dormía, mis compañeros han buscado nuestra propia desgracia.

Mientras tanto, a través de la luz llegó hasta el dios Sol el mensaje de que habían dañado a sus rebaños y se dirigió a Zeus con el corazón ardiente de furia de este modo:

—¡Zeus padre y todos los dioses gloriosos! Castigad a los hombres de Ulises, que han matado a mis vacas, aquellas que eran mi alegría cada vez que subía al firmamento tachonado de estrellas y cada vez que bajaba de nuevo a la tierra. Si no pagan el daño que han hecho, me hundiré en las casas del Hades a iluminar para siempre a los muertos.

Y Zeus, que agrupa las nubes del cielo, le respondió con estas palabras aladas:

—Te pido, Sol, que no dejes de alumbrar a los dioses eternos ni a los hombres mortales, pues yo mismo, con mi rayo veloz, alcanzaré la nave de Ulises y le haré trizas el mástil tan pronto como se dé otra vez a la mar.

Mientras, en la isla, Ulises reñía a sus hombres, pero sabía muy bien que ya no se podía hacer nada, que bien muertas estaban las vacas. Pronto los dioses les dieron señales terribles que anunciaban su calamidad: se arrastraban las pieles vacías de las reses y mugían sus carnes, ya estuvieran crudas o asadas.

Seis días seguidos se llenaron los marineros con las vacas que habían matado, pero al séptimo día, los vientos se calmaron y brilló el cielo sereno. Ulises y los suyos prepararon la nave y se hicieron de nuevo a la mar. Pronto se alejaron de la isla de Trinaquia, pero cuando solamente tuvieron alrededor mar y cielo, he aquí que Zeus levantó una nube sombría sobre el barco. Se desató el poniente furioso y golpeó la nave de frente; saltaron las dos cuerdas que sujetaban el mástil, que cayó sobre el pobre piloto: con el cuerpo roto, se precipitó por la borda y desapareció entre las olas.

Entonces tronó el gran Zeus y su rayó alcanzó de lleno al bajío; tembló el armazón entero, se desplomaron las velas y giró la nave entre el fuego y las aguas. Todos los hombres cayeron al mar y desaparecieron en su oscura boca, pues un dios les negaba el regreso.

Solo Ulises quedó a bordo, pero en ese momento las olas batieron los costados de la nave hasta desclavarlos; arrancaron también el palo de la carena; así la nave quedó deshecha a merced de las olas. Ulises se agarró de una cuerda y pudo sujetarse al palo flotante de la quilla, que, con furia, el viento ya arrastraba mar adentro.

X.
CALIPSO

Así, el viento de poniente se llevaba los restos de la nave de Ulises, con él atado a la quilla, mas cesó el poniente y en su lugar empezó a soplar el austro, que llenó de angustias el corazón del náufrago, puesto que el viento lo llevaba de nuevo hacia las rocas de Escila y Caribdis. Llegó a la salida del alba, cuando la terrible Caribdis absorbía con un bramido bestial las aguas saladas. Y antes de que el remolino lo tragara junto con los restos de la nave, Ulises saltó y se aferró a aquella higuera que crecía en el risco, por encima de Caribdis. De este modo quedó colgado muchas horas del día en aquellas ramas robustas, hasta que el monstruo escupió de nuevo la quilla y otros restos de la nave, ya con el declinar del sol. Se dejó caer Ulises al agua y se agarró de nuevo al leño flotante, para remar con los brazos hacia la otra roca. Y el padre de los dioses no quiso que Escila lo sintiese esta vez; así que pudo pasar indemne por debajo del risco.

Durante nueve días Ulises fue juguete inerte del ancho mar y de los vientos; a la décima noche, noche oscura, las olas lo dejaron en la isla de Ogígia. Vivía en ella la ninfa Calipso, la de hermosos cabellos, diosa imponente, hija de Atlas. No se trataba ella con dioses ni con hombres mortales, sino que habitaba sola en aquella isla rocosa.

Pero quiso el destino que Calipso acogiera a Ulises con simpatía y le diera cobijo en su casa. Era aquel un lugar de maravillas, una casa propia de dioses: un gran fuego alumbraba el hogar, donde se quemaban hierbas perfumadas que aromatizaban la isla entera. Telas magníficas colgaban del techo y había flores silvestres en cada rincón. Tenía también la ninfa un telar que tejía con hilo de oro, que el sol deslumbraba al entrar lentamente cada mañana. Por fuera, estaba la casa cercada de frondoso boscaje de fragantes cipreses, chopos y alisos; anidaban allí búhos, cornejas y otras aves fantásticas de origen desconocido. Alrededor del recinto se extendía un jardín de violetas y una viña lozana; fluían en torno cuatro fuentes en fila con fresco y brillante brotar: de cada cosa, incluso un dios se habría maravillado.

Así, Ulises fue acogido por Calipso en sus salas. Le lavó el rastro de sal que llevaba en la piel y le dio comidas y dulces bebidas que descansaron su ánimo. Durante varios días Ulises reposó de sus tristezas, pero no dejaba de pensar en partir de nuevo. Otro era el deseo de la ninfa Calipso: hacer de aquel huésped galán su marido. Y puesto que ella era hija de dioses, le ofrecía a Ulises inmortalidad y juventud eterna si se quedaba a su lado:

—Buen Ulises —le decía la diosa con habla divina—, acaban aquí tus trabajos si tú quieres. En esta isla el tiempo no surcará tus manos ni tu cara y tus ojos serán casi más jóvenes que ahora. Quédate conmigo y nunca más tendrás que recorrer los caminos salobres del mar.

De este modo, Calipso lo retenía en su isla, pero Ulises no olvidaba el regreso a la tierra de Ítaca, su propio palacio, a su hijo Telémaco ni a su fiel esposa Penélope. Cada vez que quería salir de la isla para retomar el viaje, sonreía la ninfa y, con dulce voz, le decía: mañana.

Pasaron muchas auroras, hasta que se cumplieron ocho años de la dulce prisión de Ulises en la isla de Ogígia. Fue entonces cuando una diosa intercedió por él: Atenea, diosa de la sabiduría y de la estrategia, habló a favor de Ulises ante Zeus, señor de los dioses, pues ella siempre le había estimado y quería protegerlo de las iras funestas de Poseidón. Atenea habló a su padre Zeus de esta manera:

—Ya hace más de siete años, padre, que Ulises está retenido por la fuerza en la isla de Ogígia, hogar de la ninfa Calipso. Ella no le permite partir y él se marchita de nostalgia por su tierra materna, Ítaca. Allí lo espera todavía su mujer Penélope, acosada por el insolente grupo de los pretendientes, y su querido Telémaco, al que tuvo que dejar en la misma cuna.

Zeus escuchó el discurso de Atenea y se apiadó en su magnánimo pecho de la desventura de Ulises. Envió entonces al mensajero de los dioses, Hermes alado, a la isla de Calipso, con orden para la ninfa de que diera libertad a su querido cautivo, para que él intentara la vuelta a su patria. Tras saber Calipso del mandato divino por boca de Hermes, tuvo que acatar la decisión de Zeus. Así que una mañana habló la ninfa con Ulises; fue a buscarlo a la playa donde él, sentado sobre unas rocas, se lamentaba y lloraba. Era aquella su triste costumbre desde hacía más de siete años.

La ninfa se sentó a su lado y le habló de esta guisa:

—¡Infeliz, no llores más! Se acabó la tristeza: puedes partir cuando quieras, que yo no te retendré. Ve y corta unos cuantos maderos para hacerte una balsa. Yo te la llenaré de pan, agua y dulce vino; también te enviaré por delante una buena brisa que te haga avanzar. ¿No te duele renunciar a la vida sin fin, a la juventud sin muerte? Vete, pues, junto a tu esposa a la que tanto quieres: ella es una simple mujer que envejece y conmigo en nada podría compararse.

A lo que respondió Ulises con prudentes palabras:

—No te ofendas, divina Calipso, pues yo ya sé cuánto son los dioses mejores en todo que los pobres mortales. Tú ni envejeces ni mueres por mucho tiempo que pase. Pero, aun así, yo sufro todos los días por regresar a mi casa en Ítaca, junto a los míos.

Así estuvieron hablando hasta que se puso el sol y bajaron las sombras.

Al día siguiente, Ulises se fue al bosque y talló los mejores troncos de los árboles. Los arrastró hasta la playa y los ató entre sí con raíces. Fijó después el mástil con la antena y la vela. Y, tras cuatro días de trabajo, estuvo lista la balsa que tenía que llevarlo a su casa natal. Cuando el viento sopló favorablemente, Ulises llevó la balsa hasta el agua y la dejó en el mar espumoso.

Así se hizo a la mar; Calipso se quedó con los pies en la orilla, mirando cómo el horizonte perdía la balsa y a su huésped querido.

XI.
LA DIOSA
DE LOS NÁUFRAGOS

Tras abandonar la isla de Ogígia, Ulises navegó durante die-
cisiete días y noches en su balsa, sin perder de vista jamás
las estrellas que le guiaban, las Pléyades brillantes, Orión y
la Osa, que de entre todos los astros es el único que nunca
toca las aguas del mar. Cuando llegó el decimoctavo día,
empezó a vislumbrar a lo lejos unas colinas; se trataba de
la tierra de los feacios, que se extendía largamente en el
horizonte. Su pecho se llenó de alegría y dio gracias a los
dioses inmortales porque no lo habían abandonado.

Pero he aquí que el rencoroso Poseidón, que en ese momento volvía de tierras lejanas, descubrió mirando de lejos
a Ulises y en sus entrañas se avivó su odio contra él, como
un fuego mal apagado.

—¡Ah! —exclamó—. Durante este tiempo que he estado fuera los dioses deben de haber cambiado de opinión sobre Ulises,
porque ahora lo veo ahí, viajando apaciblemente en una balsa.
No hay duda de que es cosa del destino que alcance la tierra
de los feacios y que allí ponga fin a sus viajes y al dolor que lo

acosa. Pero no llegará sin más hasta esa tierra, por muy cercana que ahora le parezca: ahora mismo yo me encargaré de que su viaje se oscurezca y le resulte mucho más penoso todavía.

Así habló y entonces empezó a acumular espesas nubes sobre el mar. Sacudió con su tridente todas las aguas de un golpe y desató tantos vientos de huracán como pudo, que luchaban unos contra otros mientras corrían silbando por encima de las aguas. Como una negra noche vino del cielo y ocultó mar y tierra a la vez; se alzaban olas tan altas como crestas de montaña, se retorcían y se hundían de nuevo en un desecho de espuma. La pequeña balsa estaba indefensa, como una cáscara de nuez, en mitad del violento temporal: las olas furiosas primero arrancaron el mástil de cuajo y después desarmaron aquel frágil entramado de troncos. Se agarró a uno Ulises, que en su desesperación se lamentaba amargamente de su suerte:

—¡Pobre de mí! ¿Cuál será mi final después de todo? Ahora me veo ya enterrado en las aguas oscuras del mar y bajo un cielo negro que Zeus, o algún otro dios, llena de nubes. ¡Qué fortuna la de aquellos amigos míos que acabaron sus días luchando bajo las murallas de Troya! Como ellos, quisiera yo tener unas exequias dignas, para que todos recordaran mi gloria en el combate, que era infinita. Pero parece otro mi destino: morir devorado por los peces, solo y perdido. Nadie tendrá recuerdos de mí ni de mi muerte, y en el fondo del mar no habrá ninguna lápida que conmemore mi nombre.

Las inmensas olas no arreciaban alrededor de Ulises, que hubiera desaparecido del todo, tragado por remolinos de agua, si no lo hubiera visto Ino Leucótea, delicada ninfa del mar. En otro tiempo había sido una doncella tebana que caminaba entre mortales; ahora, era una diosa marina que vivía en las casas del mar y ayudaba a los náufragos que encontraba perdidos. Y al ver a Ulises, sintió pena por los muchos dolores que sufría, y por los que le quedaban por sufrir todavía. La diosa se le acercó nadando grácilmente entre el temporal y entonces se le apareció surgiendo de una ola espumosa, reluciente en luz blanca, y le habló así:

—¡Mísero! ¿Qué le has hecho a Poseidón, que tanto te odia? ¡Con qué odio quiere perderte en mitad de esta tormenta! Pero no te preocupes ya más, pues, por mucho que lo intente, no te ahogará en la muerte oscura. Para salvarte, haz lo que yo te diga ahora: quítate esa ropa que llevas, abandona los leños y ponte a nadar, sin descanso, hacia la tierra de los feacios, donde hallarás reposo. Tú mismo la puedes vislumbrar allá a lo lejos. Solamente podrás llegar si vistes este velo inmortal, que te cuidará de todo daño. Cíñetelo bajo el pecho y, con él encima, no temas la muerte. Cuando hayas llegado a tierra firme, no tienes más que lanzarlo al mar para que regrese de nuevo conmigo.

Así habló Ino, y luego desapareció sumergida en una ola oscura. El prudente Ulises dudaba si abandonar los restos de la balsa y entregarse a la fuerza de sus brazos para salvarse nadando; pero, ante el golpe de una ola todavía más furiosa, no tuvo más remedio que soltar los troncos. Decidió confiar en las palabras de la ninfa, así que se anudó el velo de la divina Leucótea bajo el pecho y empezó a nadar.

Dos días enteros y dos noches pasaron de extrema fatiga para Ulises; y muchas veces entrevió la cara de la muerte.

Pero Atenea lo ayudó otra vez, suavizando algunos vientos y aplanando un poco las olas por las que él, a nado, pasaba. Cuando se mostró al tercer día la rosada Aurora, se calmó la marea y descansaron todos los vientos: Ulises pudo alcanzar entonces la tierra. Aquella costa era una sucesión de riscos afilados de difícil acceso para el náufrago. Ulises recorría a nado los escollos buscando una entrada, hasta que dio con la tranquila boca de un río. Entró en su corriente y fluyó sin riesgo hacia el interior, dejándose llevar por el agua dulce.

Al tocar por fin el suelo, todo su cuerpo estaba hinchado, le manaba agua salada de la boca y la nariz. Yació en la tierra totalmente exhausto, donde quedó largo rato sin fuerza en el ánimo para nada. Los dos días que había pasado luchando contra las olas lo habían dejado con todo el cuerpo dolorido y necesitó tiempo para recuperarse. Cuando se hubo rehecho un poco, se desató el velo divino que lo había salvado y lo arrojó a las aguas del río; la prenda flotó sobre las aguas hasta que llegó al mar, donde lo atrapó con sus manos Ino Leucótea. Agradecido, Ulises se inclinó y besó con humildad aquella tierra que lo había acogido.

Pero no sabía de qué raza eran los habitantes de aquel lugar, ni si serían hospitalarios o crueles y de mala estirpe. Se acercaba además la rápida noche y Ulises no sabía si debía quedarse en la ribera, donde quizás sufriría demasiado la helada, o si haría mejor adentrándose en unos bosques que había cerca del río, bajo la amenaza de las fieras salvajes que los habitaran.

Tras reflexionar un rato, prefirió finalmente buscar refugio en el bosque. Encontró allí un lugar oculto, bajo dos arbustos gemelos que crecían entrelazados: era tan fuerte su nudo que no lo traspasaba ni el viento ni la lluvia, ni siquiera la luz del sol. Además, en torno había una espesa hojarasca por el suelo que bien le serviría de abrigo en la noche fría. Así se montó un lecho de hojas y la benévola Atenea le extendió un dulce sueño sobre la mente y los ojos cansados.

XII.
NAUSICA

Mientras Ulises dormía, descansando de su penoso viaje por mar, Atenea, de ojos lucientes, que seguía velando por él, voló hacia el palacio de Alcínoo, rey de los feacios. Entró la diosa en el lugar y, como un soplo de brisa, atravesó salas y estancias hasta llegar a la cámara de la princesa Nausica, hija del rey, que dormía en un lecho dorado. Era la joven como un lirio en belleza y pretendientes no le faltaban.

Entró, pues, Atenea en la sala y adoptando la figura de la mejor amiga de Nausica, se introdujo en sus sueños y le habló de esta manera:

—Nausica, ¿cómo eres tan perezosa, que no harías sino dormir todo el día? Tienes toda tu preciosa ropa sin ordenar y se acerca quizás el día de tu boda: son ya unos cuantos, de entre los más nobles de la ciudad, los que te pretenden y conviene que todos hablen con orgullo de su princesa doncella. Cuando salga la Aurora, vayamos a lavar, nosotras dos con tus sirvientas, toda esta ropa a la ribera. Pide a tu padre, el rey Alcínoo, que te haga preparar un carro llevado por dos mulas para cargar todos los vestidos y las túnicas que hay que lavar. Móntate tú también en él, que no es corto el camino entre el pueblo y el río.

Después de estas palabras, Atenea se volvió al Olimpo, donde se dice que tienen los dioses su morada inmortal: ni los vientos la tocan, ni la lluvia ni la nieve la gastan. Allí el aire está siempre sereno y bañado de cándida luz, sin nubes.

Cuando vino con sus dedos de rosa la Aurora, se despertó la princesa Nausica y, admirada del sueño que había tenido, corrió a sus padres para hacérselo saber. Hablando a su padre, el rey Alcínoo, le dirigió estas palabras aladas:

—Querido padre, ¿qué te parece si me preparas un carro de ruedas fuertes para ir al río? Quisiera llevar hasta la orilla aquellos vestidos que estén por lavar. A ti también te place vestir ropas sin mácula cuando estás entre los poderosos. Y tus cinco hijos, mis hermanos, siempre quieren tener su ropa reluciente cuando entran en los coros para unirse a la danza. De todo esto, yo sola tengo que encargarme.

La joven Nausica habló de esta manera por vergüenza: no quería referirse todavía a sus bodas. El rey, que conocía el corazón de su hija, se dio cuenta y le contestó así:

—Hija mía, tendrás tu carro de ruedas ligeras tirado por dos mulas y todo aquello que te haga falta.

Así se dispuso el carro, en el que se cargó toda la ropa que tenía que lavarse en el río. La reina, Areta, también mandó cargar una cesta provista de comida, con una buena bota de vino y otra de aceites para el baño de las muchachas. Nausica y sus amigas se subieron y fue la propia princesa la que manejó las riendas para hacer avanzar a las bestias. El sol ya brillaba por encima de las montañas, y la luna de la noche anterior era solamente un rastro pálido en el azul. Dos o tres nubes navegaban lentas por el cielo y una suave brisa se deslizaba por las copas de los árboles.

Una vez que llegaron a la ribera, por cuya tierra manaban fuentes de agua brillante, pararon el carro las muchachas y desengancharon las mulas para que pastaran en el prado. Descargaron la ropa y la lavaron más y mejor, hasta que quedó limpia del todo, que alegraba con solo mirarla. La extendieron sobre algunas piedras que en aquella hora la marea dejaba al descubierto, para que el sol las secara con su calor. Luego, entre juegos y risas, se bañaron y, después de ungirse con el aceite brillante, tomaron el almuerzo en la orilla del río. Mientras esperaban a que la ropa se secara del todo, se pusieron a jugar lanzándose una pelota unas a otras, ajenas al resto del mundo.

Cuando fue la hora de volver a casa y estaban ya por enganchar de nuevo las mulas, tras cargar en el carro la ropa limpia y plegada, la diosa Atenea dispuso de otra manera las cosas: hizo que Ulises se despertara para poder ver a Nausica de cándidos brazos, quien tendría que guiarlo a la ciudad de los feacios. Las muchachas estaban todavía haciendo un último juego antes de irse cuando entonces la princesa Nausica lanzó la pelota con demasiado ímpetu a una de sus siervas y la pelota, dando botes, fue finalmente a caer al río, entre el griterío feliz de todas; Ulises, que yacía por allí cerca, cubierto de hojas, se despertó a causa del ruido.

—¿A qué tierra he ido a parar? —se dijo conversando con su ánimo—. ¿Cómo serán sus habitantes, hombres crueles e injustos, o tratarán con respeto al huésped por temor a los dioses? Justo ahora me ha parecido oír un alegre griterío de doncellas: ¿serán quizás las ninfas que pueblan los valles de la montaña, los ríos y los prados? Quién sabe si estoy en tierra de simples hombres mortales, o bien es un lugar habitado por seres prodigiosos. Solo me queda salir de los arbustos y comprobarlo con mis propios ojos.

Salió así de su lecho y con una mano arrancó de un árbol una rama frondosa con que cubrir su desnudez. Emergió del boscaje igual que un león sale de su escondite para cazar vacas y ovejas que calmen su vientre feroz; así, desnudo y con aspecto desastrado por la sal y los vientos, se mostró Ulises ante las muchachas.

Todas ellas gritaron al verlo y huyeron dispersándose ante el espanto del desconocido; solamente la princesa Nausica se quedó firme ante el extraño, pues Atenea había puesto fortaleza en su pecho para que no saliera corriendo y pudiera encarar a Ulises con serenidad.

El prudente Ulises no se atrevía a acercarse a la doncella para abrazarle las rodillas en señal de súplica y piedad, pues temía espantarla y causarle enojo. Prefirió hablarle de lejos, dirigiéndole frases de halago.

De manera que, reuniendo coraje, Ulises dijo estas nobles palabras a la princesa Nausica:

—Ante ti me inclino, muchacha, en señal de humildad, pero no sé si eres diosa o mortal. Si eres una diosa de las que reinan en el amplio cielo, por tu belleza y majestad pensaría que eres Ártemis, hija del poderoso Zeus. Pero si eres una mujer mortal que vive en la tierra, venturosos sean tres veces tu padre y tu madre, y sean felices tres veces tus hermanos, porque se deben de llenar de alegría cuando te ven entrar, como un ramo de flores, en los coros de la danza. Sin duda eres el orgullo de toda tu familia, que debe quererte como un don del cielo. Será todavía más feliz, incluso, aquel hombre que un día se llamará tu marido, porque mis ojos nunca han visto un ser que deslumbre la luz del sol como tú la deslumbras.

Ulises hizo una pausa, mientras Nausica seguía quieta y calmada, escuchando sus palabras. Entonces el héroe siguió hablando de la siguiente manera:

—Ahora, en este difícil momento, mi dolor me induce a abrazarte las rodillas, como hacen los suplicantes que piden ayuda, para que tengas piedad de mí, pero también el miedo me impide hacerlo. No quisiera ofenderte o asustarte con mis bruscos gestos. Ayer fue el último de los veinte días que he sufrido los más crueles castigos, errando por el ancho mar, sin esperanza de pisar mi tierra otra vez; hoy, temeroso aún de que los dioses quieran alargar mi suplicio, a ti te encuentro, reina, la primera persona que podría apiadarse de mí, en este lugar desconocido para mí. Solo te pido que me digas dónde está la ciudad que reina sobre las demás en esta tierra y que me des un paño con que cubrirme el cuerpo, y también algún pedazo de pan, si lo tuvieras, pues mis fuerzas han llegado a su fin.

A su vez, Nausica, de cándidos brazos, le respondió con palabras aladas:

—Extranjero, por tu forma de hablar e incluso por tu porte, no me pareces un necio ni un hombre malvado; ya debes de saber que los designios de Zeus y el destino no se pueden eludir, sean motivo de dicha o desgracia. Hay que aceptar aquello que los dioses nos imponen desde las estrellas. Pero ahora que

hasta aquí has llegado, no sufrirás más, ni te verás privado de ropa ni de nada que pudiera faltar a un viajero que viene de tierras lejanas. Estás en el país de los feacios y yo misma soy la hija del magnánimo rey Alcínoo, que gobierna este pueblo con rectitud.

Tras decir esto, Nausica se dirigió entonces a sus siervas, que se habían escondido por allí cerca, y les dijo:

—¿Por qué corréis ante la mera presencia de un hombre? ¿De qué tenéis miedo? ¿Lo creísteis quizás enemigo? Este náufrago nos ha llegado por designio de Zeus, que reclama ayuda para los suplicantes y viajeros perdidos. Vamos a darle el trato que se merece: dadle un vestido y un manto, después de bañarlo en el río, y traedle algo de comer para que pueda rehacerse.

Las sirvientas, aunque un poco temerosas aún, obedecieron solícitas las indicaciones de su señora: acompañaron a Ulises cerca del nacimiento del río, a resguardo del viento, y le dejaron un manto y una túnica, junto con un frasco de suave aceite de oliva. Y, al retirarse unos pasos por detrás, Ulises pudo bañarse tranquilamente en el agua dulce del río y aliviar de su cuerpo toda la costra sucia de salobre que le habían dejado las penas del mar. Se untó luego con el aceite y se vistió con el manto y la túnica de buena caída. Parecía todo él un varón distinto, pues Atenea le hizo parecer más alto y fornido a la vista. Le pendían los rizos oscuros sobre el pecho cual flor de jacinto. Radiante como un dios, fue a sentarse a la ribera, ante la deslumbrada mirada de Nausica.

Lo contemplaba la doncella y hablaba de esta manera a sus buenas amigas:

—No es, seguro, contraria a la voluntad de los dioses que el Olimpo gobiernan, la llegada de este extranjero errante a nuestra tierra. Al verlo por primera vez tenía el aspecto de un desecho humano, pero ahora, por la belleza que desprende, podría ponerse al lado de los mismos dioses. Nadie mentiría si dijera que tiene el aspecto de un noble rey. Ojalá un hombre de parecido talante pudiera llegar a ser mi marido algún día y quisiera quedarse para siempre en esta tierra, a mi lado. Le conviene ahora recuperar sus fuerzas: id y llevadle comida.

Ellas así lo hicieron y Ulises se complació con aquella comida que su gastada boca probó como si fuera un banquete divino. Volvieron las fuerzas a sus cansados miembros, y sintió que su ánimo se había fortalecido de nuevo.

Entretanto, Nausica y sus compañeras habían doblado la ropa limpia y la habían cargado en el carro. Cuando las mulas ya hubieron ocupado otra vez su lugar correspondiente bajo el yugo, Nausica subió al carro y dirigió a Ulises estas palabras aladas:

—Extranjero, nos encaminamos ahora hacia la ciudad y yo misma seré tu guía hasta el palacio de mi padre, el rey Alcínoo: allí espero que conozcas a los más altos príncipes de los feacios. Si no me equivoco, ellos te prestarán ayuda en lo que necesites. Ahora nos encaminaremos hacia allá y mientras pasemos entre los huertos y las viñas, los cultivos y los campos, puedes ir con mis sirvientas detrás, siguiendo el carro. Pero en cuanto lleguemos a la ciudad, que a lo lejos distinguirás por la alta muralla que la rodea, mejor será que cruces el umbral tú solo, después de nosotras, pues a la gente le encanta el chismorreo y todo lo que ven lo hacen blanco de sus murmullos y calumnias. Al vernos juntos, seguramente dirían que aquel extranjero es el marido de Nausica, que ella ha tratado con desdén a sus pretendientes feacios y ha preferido buscarse un hombre de quién sabe qué tierras, un extranjero cualquiera. Por ello, es mejor que entres tú solo en la ciudad. No te resultará difícil dar con el palacio real, porque cualquier persona a quien preguntes sabrá indicártelo. Y cuando ya estés dentro, ante mis padres los reyes, obra de la siguiente manera: no hables con Alcínoo, mi padre, sino que dirige primero tu súplica a mi madre, la reina Areta.

De esta manera habló Nausica, de cándidos brazos. Entonces hizo andar a las mulas sin apresurarlas, para que Ulises pudiera seguir el carro sin dificultad. A la hora en que el sol se sumerge en las sombras y las estrellas vuelan al cielo, por casualidad pasaron por un bosque consagrado a la diosa Atenea, de ojos lucientes. Cuando el prudente Ulises se dio cuenta de que estaban en un lugar sagrado y que pertenecía a la diosa que lo había protegido hasta entonces, se detuvo y le dirigió la siguiente súplica:

—Atiende mi plegaria, hija de Zeus, soberana Atenea. Ya he pasado muchas calamidades por culpa de gente desconocida, que han querido mi mal y el de mis desdichados compañeros. Diosa, haz que los feacios sean bondadosos en su acogida y me tengan compasión, pues mucho he sufrido ya por la malevolencia del dios que remueve y sacude las aguas.

Atenea, desde lo alto del Olimpo, más allá de las nubes, escuchó la plegaria de su protegido y la aceptó: no iba a abandonarle tampoco en aquel nuevo trance. Y quiso darle un signo para indicárselo, pero prefirió no mostrarse a su vista por temor a las iras del terrible Poseidón, que todavía estaba molesto.

XIII.
EL PALACIO DE ALCÍNOO

Quedando atrás Ulises, absorto en su plegaria, la princesa Nausica llegó al poblado. La recibieron en el palacio sus fornidos hermanos, que sacaron las mulas del carro y llevaron adentro las ropas. Entonces Nausica se retiró a sus salas, pensando en el hombre que había visto aquella tarde.

Entretanto, Ulises ya marchaba hacia la ciudad y Atenea vertió una densa niebla en torno a él por si algún feacio insolente lo encaraba y le inquiría con malas palabras. Al momento de entrar en la ciudad, Atenea adoptó la forma de una joven doncella con un cántaro al brazo y se detuvo al lado de Ulises.

—Muchacha —le preguntó él—, ¿no sabrías llevarme hasta la casa de Alcínoo, rey de este pueblo? Yo soy un pobre extranjero que llega de un largo viaje por mar y aquí no conozco a nadie a quien poder preguntar.

Y Atenea, a su vez, le contestó con divinas palabras:

—Yo te mostraré, noble huésped, la casa por la que me preguntas, pues mi propio padre tiene al lado la suya. Camina en silencio, que yo sabré guiarte, pero no mires a nadie ni preguntes: los feacios no son amables con la gente de fuera ni tienen mucho cariño a quienes llegan de tierras lejanas.

Tal dijo Atenea y empezó a caminar, mientras Ulises seguía sus pasos. Los feacios no lo vieron ni notaron su presencia, porque la diosa lo había cubierto de nuevo de densa neblina. Y mientras caminaba, Ulises podía admirar el puerto, las naves veloces y las altas murallas que rodeaban el pueblo.

Así llegó a la morada del rey; entonces la divina Atenea le dijo:

—Esta es, noble huésped, la casa que me habías pedido mostrarte. Dentro hallarás a los reyes sentados, celebrando un banquete. Tú entra sin miedo, pues el hombre atrevido lleva siempre ventaja y la fortuna lo cuida, aunque venga de tierras extrañas. Primero a la reina Areta verás: es del mismo linaje del que nació su esposo Alcínoo. La honran todos, su marido el primero, sus hijos queridos y todo feacio del reino. Es ella toda prudencia, aplaca litigios entre sus amigas y siempre pone paz. Si hallas el camino de su mente benévola, esperanza tendrás de regresar a tu patria y volver con los tuyos.

Y tras estas palabras, Atenea, de ojos lucientes, voló lejos de la tierra feacia y, cruzando el mar amplio, llegó hasta su ciudad, hasta su templo sagrado.

Entonces el prudente Ulises entró solo en el palacio de Alcínoo. Se sobresaltó su corazón al ver el umbral broncíneo del lugar. Los techos del palacio brillaban como el mismo Sol o la Luna. Del umbral se extendían dos muros de bronce también hasta el fondo, y defendían la entrada dos puertas de oro, con dintel y quiciales de plata; a cada lado de las puertas descansaban unos perros en plata y oro, trabajo del divino

Hefesto, para guardar el palacio del rey. Contra los muros había sillones dispuestos en largas filas, cubiertos por peplos de fina labor que habían tejido las diestras mujeres feacias. Allí, por costumbre, se sentaban los jefes del pueblo a beber y a comer. Se extendía fuera del patio un gran huerto, donde exultaban árboles frondosos y altos: perales, granados, manzanos de verde brillo; higueras repletas de higo dulce y olivos de copioso brotar. En sus ramas el fruto jamás se apaga, ni en invierno ni en verano, perenne. Por muy fuerte que sople el poniente, crecen igual los brotes y germinan sin cesar: a la pera le sigue la pera; la manzana a la manzana; después del racimo, un racimo detrás; y los higos dejan más higos. Había allí también plantada una fructífera viña, cargada de uva, y un cultivo con toda clase de verdura. Dos fuentes manaban dentro del huerto: una bañaba el suelo a través del jardín; la otra, por debajo del patio, llevaba agua hasta el palacio, donde la gente de ciudad la recogía en cántaros.

Cuando Ulises se hubo maravillado de cada cosa, atravesó el umbral y se adentró en sus salas; allí encontró a los capitanes y consejeros feacios en plena libación de dulces copas de vino. Cruzó toda la sala, todavía envuelto en la niebla divina de Atenea, hasta que llegó donde se encontraban el magnánimo Alcínoo y Areta, su esposa.

Y entonces Ulises se postró ante la reina y se disipó la neblina: todos callaron y fijaron la vista, atentos al hombre que de la nada había salido. Y dijo Ulises estas palabras:

—Noble Areta, de ilustre linaje, hasta tu marido he llegado y a tus rodillas, después de sufrir incontables trabajos. Os concedan los dioses una vida feliz junto a los hijos y al pueblo feacio que tu familia gobierna; pero yo ahora mismo os pido ayuda para volver al país de los míos, que todavía me esperan tras años de ausencia.

Y tras decir esto, marchando junto al hogar, se sentó en las cenizas del fuego. Estaban todos en silencio, hasta que el héroe más anciano de ellos, de nombre Equeneo, que destacaba entre los demás como maestro de la palabra, se dirigió al rey y le dijo:

—Ciertamente, Alcínoo, no conviene que este extranjero tenga por asiento el hogar y sus cenizas al lado del fuego, mientras todos los nobles esperan tus palabras. Ordena mejor que se alce y ocupe un sillón entre nosotros, y manda que se le sirva la cena: todos los extranjeros son como hijos de Zeus, que preside sus súplicas.

Al oír sus palabras, Alcínoo fue a tomar de la mano al humilde Ulises y lo apartó del hogar para sentarlo en un espléndido trono que había sido ocupado por su hijo Laodamante, el predilecto. Una sirvienta le trajo una fuente de plata para lavar sus manos; le sirvieron también pan y otros manjares, y Ulises comió y bebió tanto como le vino en gana. A continuación, el rey Alcínoo dirigió a sus nobles estas aladas palabras:

—Nobles feacios, consejeros y capitanes, ahora el festín ya ha acabado; buscad cada uno el lecho de vuestro hogar. Pero volved pronto mañana, pues junto a nuestro huésped haremos sacrificio a los dioses; a él le obsequiaremos con todo lo necesario para volver al país de sus padres. Procuremos que no sufra más hasta que concluya su ruta al llegar a su casa, donde las Parcas ya trenzaron su mañana, sea cual sea. Pero si, por ventura, es un inmortal que del cielo eterno ha bajado, es que algo nuevo han tramado los dioses:

no sería la única vez que ellos han pisado nuestra tierra y se nos han mostrado en nuestra misma mesa.

Intervino a su vez Ulises, prudente, con estas palabras:

—Aleja, Alcínoo, tal idea de tu mente: no estoy emparentado con ninguno de los dioses eternos, no soy sino un simple mortal que camina la tierra. Tantas son mis penas que podría referirlas durante noches seguidas. Solamente os pido que cuando el alba despunte, me ayudéis a volver a la patria que me vio nacer.

Los feacios aprobaron sus palabras. Acabaron de libar con él y después marchó cada uno a su casa, vencidos todos por el sueño.

Ulises se quedó solo en la sala en compañía de los reyes y algunas sirvientas que quitaban la mesa. Al reconocer la reina Areta el manto y el vestido que su huésped llevaba, ya que ella misma los había tejido, le habló de esta manera:

—Extranjero, ante todo querría preguntarte de qué país eres. ¿Cuál es tu pueblo? ¿Y quién te dio esos vestidos si, según has dicho, llegaste perdido entre las olas?

—Son tantas mis penas, reina —contestó Ulises, pruden-te—, que no puedo detallarlas en pocas palabras. Te diré solamente que he perdido siete años de mi vida en la isla de Ogígia, en mitad de la oscura marea. Allí me retuvo una diosa terrible, Calipso, hija de Atlas. A esta isla fui a parar después de que el rayo de Zeus estrellara mi nave y perecieran todos mis amigos en el mar revuelto. Tras tanto tiempo en aquella isla, me permitió partir Calipso en una frágil balsa, para bus-car de nuevo mi patria. Mas de otro modo lo quiso el severo Poseidón, que volvió a deshacer entre los vientos mi pequeño navío. Tras dos días de naufragio, di con vuestra tierra feliz, que pude tocar entrando por la suave boca de un río. Y cerca de la ribera me infundió algún dios un plácido sueño, hasta que esta mañana me despertó el griterío amable de vuestra hija y sus sirvientas en sus juegos. Me atreví a presentarme ante ella: y en verdad es hija de reyes, pues mientras que las demás huyeron por mi aspecto salvaje, ella permaneció firme como roble ante el viento adverso. Y me quiso ayudar, ordenó que me lavaran en el río y que me vistieran con estas ropas que ves, para así cubrir mi desnudez.

Alcínoo se alegró del buen juicio de su hija y respondió a Ulises con estas frases de halago:

—¡Ojalá quisieran los dioses, huésped feliz, que tú a nuestro lado quedaras y con nombre de yerno pudiera llamarte, tras tomar a mi hija Nausica como esposa! Pero no habrá nada ni nadie que te retenga más en este lugar: pondremos fecha concreta a tu marcha y una nave feacia te llevará hasta tu patria, sea cual sea. Verás tú mismo si es justificada nuestra fama de gente de mar, pues no hay marinos que sacudan mejor el mar con los remos.

Ulises agradeció aquellas palabras y elevó su oración a Zeus, soberano, para que diera buen término a las promesas de Alcínoo. Entonces la reina Areta ordenó a sus sirvientas que dispusieran una cama para el buen extranjero; Ulises durmió aquella noche como envuelto en su sueño divino.

Unos criados recogían las mesas, mientras otros iban apagando las velas de cada sala. I cuando todo estuvo en silencio, los reyes marcharon luego a sus altas estancias, ya dispuestas las ropas del lecho real, pues la noche profunda ya cubría los cielos.

XIV.
EL FESTÍN
DE LOS PRETENDIENTES

Mientras Ulises descansaba en la corte de los feacios, otras cosas pasaban en su lejano hogar, la isla de Ítaca. Allí lo esperaban todavía su esposa Penélope, fiel a su memoria, y su querido hijo Telémaco, tan parecido a su padre en prudencia e ingenio. Pero estaba su casa repleta de un gran mal: un grupo de jóvenes aqueos, creyendo que el rey Ulises no volvería ya de su travesía por mar, pretendían a Penélope para que escogiera a uno de ellos como nuevo consorte. Habían tomado el palacio, estaban instalados cómodamente por los patios y las salas ricas en telas; y todo el día estaban allí, comiendo y bebiendo en banquetes sin fin, a la espera de que la reina proclamara su decisión. Disipaban de este modo la hacienda de Ulises, sacrificando sus rebaños, reventando sus bodegas, y todo el día acosaban a la reina Penélope.

Ella había conseguido resistirse todo este tiempo gracias a un pequeño ardid: había jurado a los pretendientes que elegiría a uno de ellos en cuanto acabara un manto que estaba tejiendo. Pero cada noche, después de haber tejido durante el día, deshacía la tela, de manera que el manto parecía no acabarse nunca. Y el truco le hubiera salido bien a la reina Penélope, si no fuera porque los pretendientes la descubrieron y la obligaron a escoger un nuevo marido.

La diosa Atenea sentía gran pena al ver sufrir al joven Telémaco, que estaba consumido en palacio sin saber qué hacer; pues el mismo aprecio que tenía por el padre lo guardaba para el hijo. Y deseando ayudarlo, le habló a Zeus soberano de esta guisa:

—Padre, señor supremo del Olimpo, ¿es que se han olvidado los dioses del divino Ulises? Todavía no ha regresado a su patria, donde además lo espera la insidiosa tropa de los pretendientes, que gastan su patrimonio y el de su hijo, demasiado joven para enfrentarse a ellos.

—Hija —contestó Zeus Crónida—, nos acordamos del aqueo Ulises, pero ten tú presente que ha sido Poseidón la causa de sus males en venganza por su hijo Polifemo. Pasará algunas penas todavía, pero volverá a su hogar y pondrá sus tierras en orden.

Tras decir esto Zeus, Atenea, de ojos brillantes, dejó el Olimpo y voló hasta la tierra de Ítaca, al palacio de Ulises. Tomó la apariencia de un antiguo huésped de la casa, Mentes, y se detuvo ante el umbral del patio, donde los pretendientes seguían un festín interminable. El primero en verla fue Telémaco, que yacía recostado entre los demás anhelando el retorno del héroe, su padre; suspiraba él con el ceño fruncido mientras los príncipes aqueos jugaban a dados y apuraban las copas de vino sin tregua. Telémaco se fijó en aquel hombre de noble porte que aguardaba delante de su puerta con una lanza de bronce en la mano, y fue solícito a recibirlo, porque le dolía que un huésped tuviera que estar de pie sin ser atendido.

Se sentaron aparte en las salas interiores y Telémaco lo invitó a comer y a reposar un poco sus miembros cansados. Entraron entonces todos los pretendientes para entretenerse con la música y ordenaron a los músicos tañer sus liras y empezar así la danza. Telémaco se volvió a su huésped, y le habló de esta manera:

—No hagas mucho caso de estos hombres, mi huésped, que no piensan sino en divertirse bailando. Están contentos con razón, pues devoran sin coste alguno los bienes que fueron en un tiempo de un héroe: sus huesos debe de pudrirlos ahora la lluvia en tierra lejana o quizás los arrastren las olas. Si este héroe volviera un día a Ítaca, querrían ellos tener alas en lugar de pies y no pensarían en el oro ni en los vestidos. Pero ya no camina entre los vivos y nosotros hemos perdido la esperanza de su vuelta. Pero ahora, dime quién eres, de dónde vienes y quiénes son tus padres. ¿Cómo has llegado hasta aquí? ¿Fuiste en un tiempo, por ventura, huésped de mi padre?

—Hijo, yo soy Mentes —le respondió Atenea— y gobierno el pueblo de los tafios. He llegado hasta aquí en mi nave, con mis compañeros, haciendo camino hasta la tierra de Témesa en busca de bronce. Desde siempre, los tuyos y los míos han sido huéspedes de nuestras familias. Te lo dirá el viejo Laertes, si lo ves, porque he oído que apenas baja ahora a la ciudad. He venido aquí porque se decía que tu padre ya volvía a estar de nuevo con su gente, aunque parece que los dioses le han cortado el camino. Yo sé, Telémaco, que Ulises todavía está vivo y no pasará mucho hasta que pise su casa paterna otra vez. No soy adivino ni experto en presagios, pero los dioses me inspiran al hablar. No lo he vuelto a ver desde que embarcó hacia Troya, pero sin duda están en ti su vigor y el fulgor de sus ojos: claramente te llama su hijo. Pero querría preguntarte ahora quiénes son este grupo de hombres que tanta fiesta celebran y que no dejan nunca el banquete, como si a una boda estuvieran invitados.

Esto dijo Atenea bajo la forma de Mentes. Y Telémaco le contestó explicándole que aquellos hombres acuitaban a la reina Penélope para que olvidara a su marido y tomara uno nuevo de entre los jóvenes aqueos, y que mientras esperaban, se pasaban todo el día consumiendo los bienes de palacio, sin que ningún varón les hiciera frente. Día y noche llenaban las salas con sus cantos y el rumor de su festín.

—¡Cuánta falta hace el divino Ulises en esta casa! —exclamó enojada Atenea—. Si apareciera ahora en el umbral, con dos lanzas en la mano, vestido con yelmo y escudo, no reirían tanto estos indignos pretendientes. Pero nada ocurrirá si no lo quieren los dioses. De momento, Telémaco, tú convoca a los aqueos para que acudan a la junta de nobles y exponles el asunto. Invita, además, a estos hombres a que dejen tu hogar de una vez; si tu madre desea casarse, entonces que elija un varón con quien unirse. Pero tú atiende a mi consejo: emprende un viaje para buscar noticias de tu padre. Ve primero a Pilos, donde reina el buen Néstor y de aquí marcha a Esparta, al palacio del rey Menelao, que fue el último en ver a tu padre después de la guerra de Troya.

Si te dicen que vive todavía, espera un año su regreso; si tienes certeza de que ha muerto, vuelve a Ítaca y levanta un túmulo en su honor, y luego entrega tu madre a un marido digno de ella.

Tras hablar así, Atenea, de ojos brillantes, fue adoptando la forma de un pájaro y desapareció volando en el aire. Y entendió Telémaco que había estado conversando con un dios que bien lo quería.

XV.
LA ASAMBLEA
DE LOS AQUEOS

Cuando a la mañana siguiente vistió las nubes de rosa la temprana Aurora, Telémaco bajó a la plaza, donde los aqueos ya habían sido convocados. Se preguntaban todos quién había reunido a la asamblea del pueblo y qué asuntos tratarían; ¿quizás habían regresado de Troya las naves aqueas?

Al punto Telémaco se presentó a la vista del consejo de nobles con una lanza de bronce en la mano y cada uno de sus lados lo guardaban dos ágiles perros. Y Atenea le infundió un divino esplendor por el cuerpo, de modo que los ancianos se admiraban al verlo y le cedían el paso. El joven se sentó en el sitial de su padre y habló de esta manera a los presentes:

—He sido yo, nobles aqueos, quien ha reunido esta asamblea. No tengo noticia alguna de aquellos que lucharon en Troya, ni pretendo tratar intereses comunes al pueblo entero. Estoy aquí para hablar de mi propia aflicción: haber perdido a mi padre, quien fuera un día vuestro rey, soportar que mi casa sea invadida por toda una tropa de príncipes que pretenden a mi madre y le piden con insolencia que a uno de ellos escoja como marido. Y, mientras tanto, matan y devoran los bueyes y carneros de nuestro rebaño, y los cabritos más sabrosos, y hacen correr el vino de fuego de nuestra bodega. Todo entre bromas y alegría, con soberbia, por las estancias de palacio. Sin duda no obrarían así ante la presencia de mi padre, pero de momento me toca soportarlos como se soportan las desdichas que los dioses envían. ¡Indignaos conmigo ante tal afrenta y avergonzaos de cómo se ceban con los míos!

Todos los asistentes se conmovieron por las amargas palabras de Telémaco y se apiadaron de él, pero ninguno se atrevió a intervenir en la junta. Solo Antínoo, el más soberbio pretendiente, dejó oír su voz con estas palabras:

—Telémaco, altivo y temerario en discursos, ¿qué palabras han huido más allá de los dientes? De todo esto no somos culpables los príncipes, sino tu propia madre, que se complace en jugar con unos y otros con astucias. ¿Acaso no recuerdas cómo tramó el engaño del manto? En el telar de sus salas suspendió una larga y suave tela, que empezó a tejer mientras nos dijo: «Pretendientes, si Ulises ha muerto ya, tened algo más de paciencia; esperad a que termine este manto que estoy urdiendo en el telar, pues servirá de sudario para el viejo Laertes, padre de Ulises. Sus años están declinando y algún día cercano dejará de caminar bajo la luz del sol: permitid que, hilo a hilo, pueda tejer el manto con que será envuelto el anciano en su última hora. Cuando esté terminada la tela, no depondré más tiempo mi elección ni os tendré aguardando en palacio. Uno de vosotros será mi esposo.» Tales cosas nos dijo y nos convenció en el ánimo con su ardid. Penélope tejía su manto todos los días, durante las horas de sol; pero cada noche lo destejía a la luz furtiva de la antorcha. De esta forma el tramado del manto nunca veía su fin y nosotros seguíamos teniendo paciencia: así pasaron tres años. Pero he aquí que al principio del cuarto año, una sirvienta que conocía el engaño vino a contarlo. Y entonces, aquella misma noche, la sorprendimos deshaciendo los hilos que por la mañana había estado tejiendo. No tuvo más remedio que terminar bien a disgusto su manto de fino tejer. Desde entonces aún esperamos su decisión. Ahora escucha bien la respuesta de los pretendientes, y que la tenga en mente también la gente que aquí ha acudido: si quieres que nuestra estancia en palacio concluya, ordena a tu madre que acuda ahora a la plaza y tome por fin marido de entre todos nosotros.

Y, con el ceño fruncido, le dirigió Telémaco estas severas palabras:

—Antínoo, mi madre está en casa y no me corresponde a mí guiar sus pasos ni mostrarle el camino a seguir. Si estáis disgustados por ello, os invito a que marchéis cada uno a vuestra casa, o a gastaros la hacienda unos a otros. Si pensáis que es mejor seguir en mis salas devorando lo que no es vuestro, continuad; pero yo he de invocar a Zeus por si me concede castigo y venganza sobre todos vosotros, y algún día morderéis el polvo en las mismas salas donde tantos corderos habéis devorado.

Así habló Telémaco, y entonces Zeus quiso enviarle una señal desde el ancho Olimpo. Desde la cima de la montaña que cerraba el valle llegaron volando dos águilas; al llegar sobre el ágora llena de voces giraron en torno, a la vista de la gente allí reunida: brillaba en sus ojos la muerte. Y entonces empezaron a desgarrarse una a otra, con garras y picos, hasta que no se las pudo distinguir; así, ligadas en un nudo de cuatro alas, desaparecieron volando hacia el poniente.

Los presentes quedaron suspendidos ante la visión, pues sabían que venía de Zeus, pero dudaban de qué signo se trataría. Habló entonces el anciano Haliterses Mastórida, sabedor de señales divinas y observador de las aves que recorren el cielo anunciando desdichas, y pronunció estas palabras:

—Atended aquí, habitantes de Ítaca, sobre todo los pretendientes, porque planea sobre ellos una ingente desgracia. Ulises divino no tardará en volver a su tierra y su vuelta será de matanza y de ruina para los príncipes que ahora consumen su hacienda. Por su propio bien, que estos jóvenes consideren el presagio y no vuelvan más al palacio del rey. Todo empieza ya a acabarse.

Pero otro de los pretendientes, Eurímaco, respondió así a las palabras del viejo Haliterses:

—Más te vale, viejo, irte a casa y hacer predicciones a tus hijos, no sea que sufran algún daño. Son muchas las aves que todos los días recortan las luces del cielo y no todas nos traen presagios a los hombres. No hay que esperar el retorno de Ulises: está bien muerto, enterrado bajo las aguas del mar. Si a ti te place ir anunciando su vuelta y excitar al nervioso Telémaco, te lo haremos pagar de alguna manera amarga. Y ahora al propio Telémaco, delante de todos los aqueos, quiero darle este consejo: que exhorte a su madre para que se dé prisa en preparar las bodas y las fiestas que se celebran en esas ocasiones.

A su vez, le respondió el prudente Telémaco:

—Escúchame tú, Eurímaco, y los demás varones soberbios. No añadiré nada más al discurso que ya he pronunciado: lo han oído los dioses, lo conocen los aqueos. Ahora solo tengo una petición: que se disponga una nave de lisa proa con doce buenos remeros, para que pueda hacerme a la mar. Me propongo, primero, navegar hasta Pilos y después a Esparta, para buscar noticias de mi padre, por si alguna de las gentes que habitan por allá sabe decirme algo sobre sus viajes. Si todavía está vivo, esperaré un año más su regreso; pero si descubro que murió hace tiempo, volveré aquí para honrarle con el funeral que su memoria merece. Entonces entregaré mi madre al pretendiente que ella decida.

Así dijo Telémaco; luego pidió la palabra el anciano Mentor, antiguo amigo de Ulises:

—¡Pueblo de Ítaca! Aquí tenéis al hijo del rey que, conmovido, busca en vosotros ayuda contra quienes lo ofenden. ¿No queda en vuestras entrañas memoria alguna del magnánimo Ulises, que gobernó con bondad vuestras casas? Pierda Zeus a los hombres malvados que siembran solo injusticia a su alrededor. Pero no es tanto mi enojo contra estos pretendientes, sino contra todos vosotros, nobles de Ítaca, que permitís tal situación.

Y a tales palabras respondió de esta manera Antínoo, cabecilla de los pretendientes:

—¿Cómo, Mentor, hablas así? ¿Quieres provocar un motín del pueblo contra el pueblo? Aun si regresara Ulises al hogar, nada podría hacer contra nosotros, siendo uno, y solamente hallaría el camino al reino de los muertos. Has hablado sin medida. Que se vayan todos a su casa, y si Mentor o Haliterses tienen ganas de preparar una barca para Telémaco, que lo hagan, si se atreven; pero creo que por aquí se quedarán todos bien tranquilos.

Y, sin más, se disgregó la asamblea. Volvió cada uno a su casa y los pretendientes ocuparon de nuevo el palacio de Ulises. Telémaco se quedó solo y se fue a pasear por la playa. En la orilla, lavando sus manos en la espuma del mar, alzó una plegaria hacia Atenea para pedir ayuda en aquel trance. Y acogió la diosa la plegaria del joven: se le presentó allí mismo bajo la forma del viejo Mentor.

—Telémaco —le dijo—, si eres realmente hijo de Ulises, no habrá lugar en ti para la cobardía o la temeridad. Pocos son los hijos que igualan al padre: pero tú conservas el ingenio de Ulises y lograrás hacer el viaje que quieres con su misma perseverancia. Ve a casa ahora y finge estar en paz con los pretendientes. Sin decir nada, dispón luego los víveres, vino en las ánforas y harina en las bien cosidas botas. Yo, entre tanto, iré reuniendo voluntarios que nos acompañen en el viaje y tendré lista la nave que mejor nos permita recorrer el mar.

XVI.
EL VIAJE DE TELÉMACO

Así habló Atenea, bajo los rasgos de Mentor. Y corrió Telémaco a su casa, donde los pretendientes ya estaban en pleno festín. Entre burlas lo invitaban a participar de la alegría, seguros de que el joven ya no podría llevar a cabo su viaje a Pilos y a Esparta, pues la asamblea no lo había apoyado.

Los evitó Telémaco y bajó a la bodega, donde se guardaban los tesoros de la casa. Los vigilaba allí la anciana Euriclea, que había sido nodriza de Ulises. Ambos prepararon el vino y la harina, dentro de los odres de cuero.

—Ama, no digas nada a nadie de estos preparativos —avisó Telémaco a la anciana—. Al atardecer, cuando mi madre ya se haya retirado a sus estancias, zarparé con una nave que me tendrán dispuesta, rumbo a la arenosa Pilos y después a Esparta, para buscar noticias de mi querido padre.

Euriclea se inquietó por aquel propósito y entre sollozos le dirigió estas aladas palabras:

—¿Qué idea te viene a la mente, hijo mío? Ulises debe de estar muerto, lejos de aquí, en tierras extrañas o en medio del mar inclemente. Si te vas, estos hombres odiosos tramarán algún daño contra ti, para darte muerte entre viaje y viaje. Mejor quédate aquí vigilando lo tuyo y a los tuyos, y olvida este insensato plan.

—No tengas miedo, ama —le respondió Telémaco—, que un dios me inspira. Júrame que nada dirás a mi madre hasta que no hayan pasado once o doce días, o hasta que ella misma note mi demorada ausencia.

La anciana Euriclea lo juró con iguales palabras y se apresuró luego a llenar de dulce vino las ánforas y a poner harina en los odres. Telémaco volvió con los insolentes varones que consumían su hacienda; mientras, Atenea, bajo la forma de Mentor, iba por el pueblo disuadiendo a las gentes y disponiendo la nave.

El sol marchó al poniente y se hicieron las sombras soberanas de las calles. Estaban ya reunidos los veinte marineros animados por Atenea, al lado de la cóncava nave, bien provista de todo. Y la diosa voló hasta el palacio de Ulises, donde cenaban los pretendientes, y les infundió un suave sueño en los ojos, de párpados pesados. Se les cayó la copa de las manos y yacieron en el mismo asiento donde estaban. Llamó entonces al juicioso Telémaco con estas palabras:

—Telémaco, están ya los marinos con los remos en la mano y esperan solo tu voz de partida. Vamos, pues, iniciemos nuestro viaje.

Telémaco salió velozmente del umbral y bajaron ambos hasta el puerto; allí, escogió el joven a algunos marineros de fuertes brazos para ir hasta la bodega y cargar las provisiones de vino y harina. Por fin bajaron otra vez y lo guardaron todo en la nave. Atenea y Telémaco se sentaron en la popa, mientras los marineros desligaban las amarras y ocupaban su lugar en los bancos de remar. La misma diosa envió una suave brisa y ellos desplegaron las velas del mástil: las llenó el viento y empezó la barca a recorrer el incesante mar. Telémaco y los demás libaron vino en honor a los dioses eternos, que permitían su viaje, y pidieron a la diosa Atenea que les fuera propicia. Así, la nave avanzó cortando las olas en mitad de la noche inmortal.

XVII.
NÉSTOR, REY DE PILOS

Cuando brilló, con dedos de rosa, la Aurora en los cielos, la nave llegó a la tierra de Pilos. Estaba el pueblo reunido en la playa, ofreciendo sacrificio de toros a Poseidón, señor de las aguas. Telémaco entonces dijo con inquietud estas palabras a Atenea:

—¿Cómo, Mentor, debo tratar a Néstor, rey de estas gentes? ¿Qué saludo debo dar? No soy buen orador y él es hombre entrado en canas. Estas cosas nos dan vergüenza a los jóvenes.

—En ti mismo, Telémaco, encontrarás la forma de hablarle —contestó la divina Atenea—; además, quizás algún dios te ayude en tus palabras.

Se encaminaron entonces a la junta de los nobles. Allí estaba Néstor; en torno a él, sus hombres disponían el banquete de carne de los animales sacrificados. Al ver el rey a los recién llegados extranjeros, los recibió con sacra hospitalidad y los invitó a sentarse con ellos durante la celebración. Les sirvieron los siervos carne asada y abundante vino en copas de plata.

Tras la comida, el rey Néstor les preguntó quiénes eran, de qué tierra habían zarpado y qué buscaban a través de las olas del mar. Y el discreto Telémaco le contestó así, inspirado por Atenea, que a su lado estaba:

—¡Gran rey Néstor, hijo de Neleo! Nos preguntas cuál es nuestra patria: somos gente de Ítaca y no hemos venido a tratar un asunto común, sino propio: buscamos noticias de mi padre glorioso, Ulises, rey de Ítaca, pues nada sabemos de él desde que Troya cayó en el incendio y la destrucción. Conocemos la muerte de otros héroes famosos que con mi padre lucharon, pero Zeus no ha permitido que sepamos qué destino corrió Ulises y no sabemos si murió en tierra o está sepultado bajo las bocas del mar. Yo te imploro, rey, que me digas, si conoces quizás el sino de mi padre y que hagas memoria de todo aquello cuanto importa. No me tengas lástima: no ahorres detalles por tristes que sean.

A todo ello respondió Néstor de esta manera:

—Nada me cuesta reconocer en ti al hijo del divino Ulises, pues hablas como él, siguiendo siempre el mismo juicio y usando palabras sensatas. Tu padre fue mi más cercano compañero y entre nosotros no había nunca desacuerdo. Era indomable en el combate, en el hablar nadie tenía más ingenio. Pero nada he sabido de él desde que nos separamos en la isla de Ténedos, muy cerca de Troya, cuando ardían aún los fuegos de sus restos y despojos. Cada uno de nosotros se embarcó en sus naves y emprendió el rumbo que a su casa llevaba. Todos los guerreros que salimos con vida de la altiva Troya solamente podíamos pensar en el regreso al hogar, tras diez años de largo combate. Pero no todos pudieron volver a sus salas sin desdicha: ese fue el horrible destino de Agamenón, pastor de huestes, cuyo final conocen, incluso, las sombras del infierno. Egisto lo mató en palacio, cómplice traidor de la propia reina Clitemnestra, esposa de Agamenón. De poco les valió su crimen, pues nada tardó el hijo del héroe, Orestes, en vengar la muerte de su padre. Otros guerreros recorrieron los mares hasta que los dioses les concedieron el retorno: así, Menelao, rey de Esparta, solo pudo regresar a su patria con su mujer Helena tras años retenido en las arenosas playas de Egipto.

El joven Telémaco escuchaba estas palabras con el corazón en vilo, pues ardía su alma por tener noticias de su padre Ulises. Prosiguió entonces Néstor, rey anciano de Pilos:

—Siento gran dolor, hijo, por no poder decirte nada más de tu padre. Pero parece arriesgado que sigas más tiempo fuera de tu hogar. Nos han llegado rumores de que un insolente grupo de príncipes aqueos ronda tu casa día y noche, y que asedia a tu madre para que, entre ellos, escoja un nuevo marido: no piensan que Ulises pueda volver jamás. Deberías, Telémaco, regresar a palacio y proteger a tu madre y toda tu casa de los pretendientes. Con todo, cierto es que también podrías viajar hasta Esparta, reino del noble Menelao, que tanta estima tenía a tu padre. Él ha viajado más por el mar y quién sabe si ha tenido noticias de Ulises. Haré que te armen un carro de fuertes ruedas para que llegues rápidamente a Esparta; incluso te acompañará uno de mis hijos en el viaje y te guiará hasta la misma corte del rey.

Así conversaban, diciendo estas palabras y otras semejantes, cuando llegó el final de la tarde azul. La diosa Atenea, todavía bajo la forma del anciano Mentor, quiso que Telémaco y ella volvieran a la nave para pasar la noche, pero no lo consintió Néstor:

—Zeus soberano, que encierra en su puño el rayo destructor, no ha de permitirlo. Mientras haya en palacio lechos de suave lino, los huéspedes de esta tierra no pasarán en otro lugar la noche. Pues es el mismo Zeus quien decreta el cuidado y la hospitalidad para los viajeros.

—Así será, buen rey —dijo Atenea—, para el joven Telémaco. Pero es de ley que yo regrese a la nave, porque no puedo desatender al resto de marineros que allí aguardan. Además, otro viaje distinto me espera a mí mañana, a otro país donde tengo asuntos que tratar. Rey Néstor, dispón mañana un carro de caballos ligeros para Telémaco y, como has dicho, que sea escoltado por uno de tus prudentes hijos hasta la corte del rey Menelao.

Tras hablar así, adoptando la diosa forma de águila, voló hasta el cielo tachonado de estrellas. Todos quedaron admirados de un prodigio tal. Néstor fue el primero en hablar:

—¡Telémaco, no serás tú nunca necio ni cobarde si, tan joven, los mismos dioses te hacen de guía y guardan tu camino! No era otra que la diosa Atenea, hija de Zeus, quien aquí ha conversado entre nosotros bajo la noche estrellada.

XVIII.
MENELAO, REY DE ESPARTA

Cuando destelló rosada la temprana Aurora, Néstor ofreció un sacrificio a Atenea, de ojos lucientes, para agradecer su favor y su presencia entre los mortales el día anterior. Más tarde, ordenó que se enyugaran los caballos al carro que tendría que conducir Telémaco, quien iría acompañado por Pisístrato, uno de los hijos del rey. Se despidieron los dos del noble Néstor y emprendieron el camino de Lacedemonia, el país donde se levanta la ciudad de Esparta, regida por el glorioso Menelao.

Después de tres días de marcha, Telémaco y Pisístrato llegaron a Esparta y se dirigieron al palacio de Menelao. Se daba allí un gran banquete como celebración por la boda del hijo del rey. Al verlos llegar, Menelao ordenó que sus criados se hicieran cargo del carro y los caballos, y luego él mismo les hizo un lugar en el festín que se llevaba a cabo, pues era de estirpe hospitalaria. Y los sirvientes atendieron dignamente a los extranjeros, desengancharon a los animales y los llevaron al establo, y luego hicieron entrar a los dos jóvenes al palacio de altos techos, maravilla digna de admirar. Tras lavarse las manos en las bandejas de plata, les indicaron dónde sentarse en la mesa; les sirvieron pan de trigo y platos con diversos manjares. Habló entonces el glorioso Menelao, rey de Esparta:

—Comed ahora, extranjeros, y alegraos. Ya hablaremos después de quiénes sois y de dónde habéis llegado, porque se puede ver en vosotros, aun a simple vista, que lleváis sangre de antepasados ilustres.

Telémaco y Pisístrato comían y bebían vino de fuego, hasta que se saciaron. Entonces Telémaco se acercó a su compañero y le ponderó la belleza de aquel palacio, que brillaba por todos lados con oro y plata, con bronce y marfil: parecía talmente la morada de Zeus en el Olimpo. Pero Menelao oyó sus palabras y le habló de esta guisa:

—Hijos, no hay ningún mortal que pueda medirse con Zeus, pues tan eternos como él son su casa y sus bienes; pero entre los hombres, no hay muchos que igualen mis riquezas. Las reuní en mi palacio con gran pena y esfuerzo, después de un largo viaje por los caminos del mar, cuando el azar del viento y la voluntad de los dioses hicieron rodar mi flota por los mares de Fenicia, Egipto y Libia. En aquellas playas conté los días que pasaban como granos de arena y ocho años tardé en poder regresar a mi hogar. Y mientras yo trataba así de llevar mis naves a la patria, caía la desgracia sobre mi hermano Agamenón: fue muerto a traición por su esposa Clitemnestra, en su propio palacio. ¡Tantos son los héroes que han hallado un mal final después de combatir gloriosamente bajo las murallas de Troya! Aún su recuerdo me oprime el pecho y sollozo por las salas ricas en oro. Así, tengo poca alegría en mucha riqueza y daría una gran parte de ella por no tener que llorar a mis compañeros de guerra. Hay uno sobre todo cuyo recuerdo me quita el sabor de la comida y hace que el sueño huya de mis ojos, porque no hay nadie a quien los dioses hayan maltratado tanto como a Ulises de Ítaca. No sé si vive todavía o ya murió, pero deben de llorarlo su esposa Penélope, el viejo Laertes, su padre, y el hijo que dejó cuando era solamente un tierno niño de cuna.

Telémaco se conmovió al escuchar el lamento de Menelao por la desventura de su padre y una lágrima asomó en sus ojos; mas se cubrió el rostro con su velo para que nadie lo viera. Pero Menelao entendió que aquel joven extranjero no era otro que el hijo de Ulises; calló, porque no sabía si debía ser quien mencionara el parentesco de ambos, o era mejor dejar que Telémaco hablara por sí mismo.

Entró entonces la reina Helena, esposa del glorioso Menelao, y todos los presentes pusieron sus ojos en aquella mujer tan parecida a una diosa: su brillo superaba los que adornaban el salón, y era como un prado bañado de luz ella misma. También Telémaco se admiró de aquella mujer, parecida a un naranjo en flor que despunta en primavera, por quien los mejores guerreros de Grecia y Troya habían mordido el polvo tras diez años incontables de dolor sin tregua.

Así entró Helena y notó la presencia de los extranjeros. Y, observando con fija mirada a Telémaco, habló de esta manera:

—Menelao, ¿sabemos quiénes son estos dos huéspedes que comen aquí con nosotros? No puedo callar lo que veo, pues nunca supe de nadie que tanto parecido guardara con cualquier otra persona. Miro a este joven y veo en él al mismo Ulises, que por mi causa partió hacia Troya y sufrió allí las penas de la guerra.

Menelao estuvo de acuerdo, porque él también notaba que su huésped era en todo como el buen Ulises, en las manos y en la luz de la mirada, en la cabeza insigne y en la frente. El noble Pisístrato decidió entonces hablar y declarar sin reparo que aquel joven era el príncipe Telémaco, hijo de Ulises de Ítaca, que por modestia no había hablado antes. Se presentó a sí mismo como hijo de Néstor, por cuyo encargo venían a propósito de saber noticias del héroe perdido.

Entonces Menelao y su esposa Helena evocaron los días de Troya, cuando Ulises se atrevió a disfrazarse de mendigo para entrar en la ciudad y recorrerla, por ver qué fortaleza era por dentro y cómo harían los griegos para entrar en ella. Solo Helena lo había reconocido y lo había guiado por las calles llenas de enemigos. Menelao explicó también la valentía que mostró Ulises dentro del caballo de madera, que él mismo había ingeniado: no permitió que nadie hablara ni revelara el secreto, ni aun cuando los más cobardes flaqueaban y se llenaban de nervios.

Se apoderó de todos una gran tristeza por el héroe perdido. Por ello Helena vertió en el vino del que estaban bebiendo un elixir contrario al duelo y al pesar, y que traía el olvido de cualquier mal. De este modo, todos siguieron con el banquete más animosos de corazón. Luego, ella misma dispuso que sus siervas prepararan dos lechos en la sala, con suaves sábanas de púrpura, donde Telémaco y Pisístrato se echaron a descansar. Y se posó en sus párpados el sueño más dulce.

Al día siguiente, tan pronto como surgió la Aurora, de trono rosado, Menelao se alzó de su lecho. Se ciñó sus vestidos, se colgó al hombro su espada cortante y calzó sus pies con hermosas sandalias: parecía un dios entre hombres. Se sentó entonces junto a Telémaco y le preguntó la razón por la que había acudido a buscarlo a través de las anchas espaldas del mar.

—Glorioso Menelao —respondió el joven—, he venido hasta ti por si podías darme alguna nueva de mi padre. Está su palacio repleto de príncipes aqueos que devoran la hacienda y pretenden a mi madre con arrogancia. Te pido que me digas lo que sepas, aquello que hayas oído decir a otras gentes; pero te suplico que no disfraces la verdad, por lástima o compasión, sino que me cuentes cada detalle.

—Los pequeños y los viles, incapaces de la gloria por sí mismos, anhelan ocupar el lugar que un héroe ha dejado, sin pensar que cuando vuelva será su ruina. Quiera Zeus que Ulises un día reparta muerte miserable entre los pretendientes y bodas amargas. Ahora quiero contestar a tu pregunta contándote lo que me dijo a mí Proteo, el viejo del mar; aparte de eso, no he sabido nada más de aquel varón al que yo tanto quise.

Menelao explicó que, al acabar la guerra de Troya, tanta fue su prisa por volver a su patria, que olvidó hacer a los dioses los sacrificios que les debía por su victoria; y los dioses, que tanto desean las ofrendas mortales, no perdonan jamás estos olvidos. Por eso los vientos adversos desviaron la flota hasta la isla de Faros, justo delante del río Nilo. Veinte días esperaron allí a que el mar se aplacara para navegar, pero se acababan los víveres y los hombres se consumían sin fuerzas. Se presentó entonces la ninfa Idótea, la hija del viejo Proteo, un dios del mar que guardaba el rebaño de focas de Poseidón. Idótea se apiadó de Menelao y sus hombres, y les reveló que su padre Proteo sabía todas las cosas del mundo: conocía los secretos del amplio cielo y los fondos del océano sin fin. Él sabría qué tendría que hacer Menelao para poder partir de Egipto, pero se lo diría solo por la fuerza. Así, siguiendo los consejos de Idótea, Menelao y tres compañeros más fueron donde estaba Proteo; se disfrazaron con pieles de foca y yacieron con el resto de los animales del rebaño que el viejo guardaba.

A mediodía, según su costumbre, salió Proteo del mar y se tumbó entre las focas a descansar, después de haberlas contado, sin darse cuenta del engaño. Entonces saltaron Menelao y sus hombres encima de él y lo ataron con indomables nudos para que no se escapara. La ninfa les había advertido del poder de su padre, que a voluntad cambiaba de forma; y, cuando se vio atrapado, se convirtió en león de larga melena, en serpiente, en leopardo después y en feroz jabalí, y luego en corriente de agua y en árbol de ramas frondosas. Resistieron los hombres tirando de las cuerdas, sin dejar marchar a Proteo hasta que les explicara lo que necesitaban saber. Les recordó entonces el viejo que aún debían sacrificios a los dioses y que por eso no les dejaban partir. Luego Menelao quiso saber de los compañeros que con él habían combatido en Troya y que después de la victoria habían tomado rumbo a sus casas. Y le informó Proteo sobre la triste muerte de su hermano Agamenón, traicionado por su esposa; de Néstor, a salvo en su tierra natal; y de Ulises solamente dijo una cosa: una vez lo vio, pasando cerca de la isla de Ogígia, llorando en las rocas porque la ninfa Calipso no lo dejaba marchar y él no tenía una nave con la que cortar las olas.

—Eso es todo —concluyó Menelao— lo que sé de tu padre. Nosotros, por nuestra parte, hicimos los sacrificios a los dioses inmortales y pudimos dejar la isla de Faros para volver a nuestra patria.

Telémaco se alegró de aquellas noticias que le daban esperanza sobre su padre. Menelao, que veía en el joven las mismas virtudes que brillaban en su amigo perdido, quiso retenerlo unos días en palacio, prometiéndole tesoros riquísimos; pero Telémaco, que acogió con cariño la generosa oferta, tenía solamente la idea de volver a su casa, donde los pretendientes continuaban asediando a su madre Penélope.

Mas ocurrió que en Ítaca los príncipes aqueos supieron del viaje secreto de Telémaco en busca de su padre. Y, sin saber qué resultado podía tener ese viaje, tomaron la decisión de seguirlo con otro barco y matarlo antes de que llegara a su casa. Así se embarcó Antínoo, el cabecilla de los pretendientes, con veinte guerreros armados, y navegaron hasta un lugar propicio a la emboscada por mar. Se apostaron entre la misma isla de Ítaca y la isla de Sama, donde esperaban el regreso de Telémaco, contra quien habían urdido una muerte tramposa.

XIX.
ULISES ABANDONA
EL PAÍS DE LOS FEACIOS

Mientras el sensato Telémaco afrontaba tales peligros en su tierra, descansaba aún su padre Ulises en el país de los feacios, donde lo habían acogido el magnánimo rey Alcínoo y su esposa Areta.

Cuando se mostró en el cielo, con dedos de rosa, la temprana Aurora, dispuso el rey los preparativos para el viaje de aquel huésped cuyo nombre aún no conocía. Ordenó preparar un fuerte navío, todavía no tocado por el mar, y equiparlo con cincuenta de sus mejores marinos. Alcínoo reunió, además, a todos los nobles y consejeros feacios para celebrar un gran festín en honor a la hospitalidad y al extranjero: y a todos les convino, pues Ulises brillaba casi como un rey o un dios por su porte, sus fornidas espaldas y su frente. Así lo mostraba Atenea a la vista de los demás mortales.

Se comieron incontables carneros en el banquete y se bebió vino a raudales. Entre los asistentes se encontraba el cantor Demódoco, divino en el canto, que podía hechizar a los hombres solo con tañer su lira. Una vez que concluyó el festín, inspiró la Musa al cantor para recitar con su voz las hazañas de muchos hombres ilustres y héroes; mas justamente Demódoco vino a cantar un hecho famoso, cuando dos héroes potentes de la guerra de Troya, Aquiles y Ulises, habían discutido en asamblea con airadas y amargas palabras.

Al oír tales canciones, se conmovió el mismo Ulises y, tomando su túnica púrpura, se cubrió el rostro lleno de lágrimas, pues sentía gran vergüenza de llorar ante los feacios. Nadie hubo que notara su llanto; Alcínoo solamente advirtió su tristeza. Por ello se alzó de su trono y dijo las siguientes palabras:

—Atended, capitanes y jefes del pueblo feacio: ahora que hemos despachado la buena comida y el dulce canto que la sigue, vayamos fuera para probar nuestras fuerzas en todo tipo de juegos. Así el noble extranjero podrá contar en su casa cómo los feacios sobrepasamos a todos en el salto y la carrera, en la lucha y el lanzamiento de disco.

Pudieron así mostrar los jóvenes feacios su agilidad, fuerza y rapidez en los juegos que hicieron fuera de palacio. El prudente Ulises los miraba sin participar; incluso cuando uno de los hijos del rey lo exhortó, él renunció, diciendo que no tenía ánimo de jugar a causa de las tristes ideas que albergaba. Entonces le habló cierto joven feacio, de nombre Euríalo, con palabras hirientes:

—No parece, extranjero, que seas entendido en los juegos que entre los hombres se dan. Más bien te veo viajando de un lado a otro con tu nave, atento a comerciar y sacar provecho de tu codiciada carga de a bordo. Cierto es que no tienes aspecto de atleta.

A lo que Ulises le contestó de esta guisa con el ceño fruncido:

—Mal has medido tus palabras, mi anfitrión: no pareces muy sensato. Reparten los dioses sus gracias de forma desigual entre los hombres, pues sin duda tu apariencia es hermosa, casi divina, pero estás falto de juicio. No soy un novato en los juegos y, por muchas penas que cavile ahora en mi mente, tomaré parte en las pruebas: tus hirientes palabras me instan a ello.

Hablando de este modo, se levantó y tomó un enorme disco de piedra, de los que estaban usando los atletas. Y, tras hacerlo girar, lo lanzó con una sola mano más allá de todos los blancos que había marcados. Los feacios se agacharon al oír cómo zumbaba el disco veloz por encima de sus cabezas. Entonces Ulises afirmó con voz potente que en cualquier prueba mostraría su fuerza: haría caer al púgil adversario en combate, enviaría más lejos que nadie la lanza de bronce, su flecha alcanzaría a un hombre aun cubierto por toda una hueste. Quedaron todos quietos y en silencio, hasta que habló el buen rey Alcínoo:

—Con acierto has contestado, extranjero, a la ofensa infligida. Pero escucha lo que voy a decirte: quizás no somos los feacios los más fieros luchadores ni atletas que destaquen en los juegos, mas no existen mejores marinos ni nadie mueve las naves con mayor velocidad que nosotros. Además, desde siempre hemos destacado en otras costumbres: el banquete, la cítara, el baile. ¡Vamos, pues, bailarines feacios, a la danza, y que mi huésped, al volver a su casa, pueda explicar qué ventaja les llevamos en hacer y deshacer los coros!

Y tras hablar de esta manera, entraron los bailarines y danzaron todos al son de la lira de Demódoco el cantor.

Concluidas las danzas, el magnánimo Alcínoo ofreció a su huésped extranjero los dones de hospitalidad que merecía. Por ello, mandó que sus doce consejeros feacios le dieran cada uno un regalo. Así, Ulises recibió un pequeño cúmulo de dones, de magníficas ropas, figuras de oro y objetos broncíneos. Todo un tesoro comparable al que de Troya se hubiera llevado si el mar no le hubiera perdido la nave cargada con el botín.

Después fue Ulises bañado y ungido con aceites varios y perfumes. Tenía otra vez la luz propia de un dios. Nausica lo miró cuando entró en las salas reales, admirándose de su belleza; al fin le dirigió estas palabras aladas dejando escapar su tierna voz:

—Adiós, extranjero, ve con bien. Y cuando estés en las tierras paternas no te olvides de mí, pues fui la primera que te acogió en tu desgracia.

—Nausica —repuso Ulises—, que me conceda Zeus el regreso y el sol de mi patria. Allí todos los días te invocaré como a diosa, pues tú, bella doncella, me devolviste una vida ya casi borrada por el mar.

Con semejantes palabras se hablaron, mientras un dulce y triste rubor tomaba las mejillas de Nausica, de cándidos brazos.

El noble Ulises ocupó luego un lugar de honor en la mesa del banquete que iba a celebrarse, al lado del propio rey. Y cuando los sirvientes ya cortaban y repartían la carne, Ulises pidió que llevaran el corte más sabroso de lomo al cantor Demódoco, que no estaba sentado lejos. Después de que todos saciaran su sed y apetito, dirigió Ulises esta plegaria al cantor:

—Demódoco ilustre, a ti te inspiran las Musas, hijas de Zeus: no hay nadie que más honor merezca entre las gentes. Mas yo ahora quisiera pedirte que cantaras la famosa gesta del caballo de Troya, de cómo, gracias al ingenio de Ulises de Ítaca, los griegos tomaron la ciudad y la dejaron vestida de cenizas. Si lo haces, sabré que de los dioses te viene la voz bien timbrada y el don del canto.

Y Demódoco, movido por los dioses, empezó a cantar cómo los griegos fingieron dejar el campo de Troya en sus cóncavas naves; solo unos pocos se habían quedado en torno a Ulises, ocultos en el vientre del caballo. Y los mismos troyanos fueron quienes quisieron albergar en la ciudad tal ingenio de madera, sin saber que dentro estaba su perdición, el fuego de toda la ciudad. Tales cosas contaba el cantor y se consumía Ulises en incesante llanto que le corría por ambas mejillas. Notó de nuevo el magnánimo Alcínoo la pena del huésped y habló en voz alta de esta manera:

—Interrumpe tu canto, Demódoco, pues nuestro huésped no puede frenar este pozo de lágrimas que es su rostro. Quizás algún pariente o algún compañero cercano acabó sus días a los pies de las murallas troyanas.

Y dirigiéndose a Ulises, le habló de esta manera:

—No escondas más, querido huésped, tu pena. Dinos por fin cómo te llamas y cuál es tu país. ¿Por qué caminos te han llevado los dioses, que hasta nuestra puerta has llegado? ¿Por qué lloraste tan hondamente al recitar el cantor las gestas de Troya?

—Me incitas, buen rey, a que te cuente la razón de mis penas, cuando ello no me dará sino más pena. Pero, puesto que tú me preguntas, es de ley que yo te relate mis trabajos y te explique qué caminos tortuosos me han llevado hasta tu casa. Y no he de dejar ningún detalle al contarlo. Yo soy Ulises, hijo de Laertes, rey de Ítaca, el destructor de Troya. Y hace diez años que vago por las rutas del mar en busca de mi patria añorada.

Oyeron los nobles feacios la revelación de Ulises y quedaron admirados, pues vieron en aquel extranjero al ilustre héroe del que tenían noticia solo por los cantos. Eran célebres sus gestas y sus virtudes, y la famosa estrategia del caballo traidor de madera. Habló Ulises de todas sus penalidades, sus viajes y naufragios, de lotófagos y lestrigones, de cíclopes comedores de hombres, de Escila terrible y Caribdis, de rebaños sagrados y vientos, de ninfas, sirenas, hechiceras: habló de su paciencia tras diez años yendo y viniendo por los pasos salobres del mar.

Y no terminó su relato hasta que entró en las salas, con dedos de rosa, la temprana Aurora. Callaban todos los presentes y contenían el aliento, sorprendidos, sin palabras en la boca. Finalmente, habló el noble Alcínoo:

—¡Ulises, rey de Ítaca! Ahora que a mi tierra has llegado, nada más has de temer, por mucho que antes los dioses te hicieran errar por el ancho mar. Yo haré que llegues sin más a tu tierra y puedas poner los pies en las playas que te vieron nacer.

Y el entero día fue dedicado a terminar los preparativos que permitieran dejar lista la nave que navegaría hasta Ítaca. Fue repleta de los ricos presentes que habían regalado el rey y sus jefes. Ofreció Alcínoo un sacrificio a Zeus, señor de las nubes oscuras, y luego dio un gran banquete, según es costumbre. Miraba mientras tanto Ulises el sol con honda impaciencia, deseando que descendiera ya hacia el poniente para poder llevar la nave hasta la orilla y viajar en la noche sagrada. Al fin, con las últimas horas de luz, se despidió Ulises de Areta y del magnánimo rey Alcínoo. Les deseó vida feliz hasta la vejez y seguir siendo el gozo de un pueblo tan honrado por semejantes regentes. Les llamó a partir de entonces amigos y, de todas las gentes, los más hospitalarios que bajo el luminoso Zeus caminan sobre la tierra.

Se embarcó Ulises junto con los marineros, quienes le tendieron un lecho de lino en la popa, para que durmiera en sosiego. Y tan pronto como desamarraron la nave y se dieron a la mar, se posó sobre los ojos de Ulises un sueño suavísimo, sin penas, prolongado, muy parecido a la muerte.

XX.
LA LLEGADA
DE ULISES A ÍTACA

Durante toda la noche navegó la nave feacia por las olas igual que una cuadriga por la llanura, tan veloz que ni un halcón podría haberla alcanzado. Ulises descansaba con un sueño profundo, echado en la popa.

Cuando asomaba fúlgida la estrella de la mañana en lo alto del cielo, el bajío llegó al puerto de Forcis. Crece allí un olivo, al lado de una cueva consagrada a las náyades, ninfas de las fuentes y los ríos. Entró la nave en el puerto con presteza y se clavó en la playa arenosa. Entonces los marineros levantaron al buen Ulises, todavía dormido, y con todo el lecho, la manta y las sábanas de lino, lo desembarcaron en la arena. Bajaron también todos los presentes que el rey Alcínoo le había hecho y lo dejaron bajo el olivo, al margen del camino, para que nadie, al pasar, pudiera quitarle nada.

Una vez hecho esto, desencallaron los marinos la nave de la playa, tomaron los remos y reanudaron el viaje de retorno a su país. Pero otro pensamiento tenía Poseidón, que estaba lleno de ira contra los feacios por la ayuda que habían concedido a Ulises. Puesto que ya no estaba a tiempo de privarlo del retorno a su tierra, descargó su furia contra la nave feacia y, así, cuando esta ya llegaba a la tierra del rey Alcínoo, la tocó con su tridente, la transformó en un gran peñasco y le dio raíces de roca que se enlazaron en el fondo del mar. De esta manera quedó para siempre como una gran montaña plantada en las aguas ante la tierra de los feacios.

Mientras, Ulises se despertaba de su sueño en las arenas de Ítaca. Al principio no reconoció el lugar, ya que Atenea había extendido el paisaje con una fina neblina para que nadie pudiera ver al héroe recién llegado. Ulises dudó de qué tierra era aquella, temiendo que lo hubieran dejado de nuevo en un país extraño, habitado por gente hostil a los extranjeros. Pensó también en el tesoro, pero lo vio algunos pasos más allá, bajo la sombra del olivo. Tras contar el oro y los ricos vestidos, comprobó que no faltaba ninguna pieza, pero su corazón no se alegró, y todavía lloraba por la patria añorada.

Se le presentó entonces la diosa Atenea, la diosa de ojos lucientes, bajo la figura de un joven pastor ovejero, a quien Ulises habló con palabras aladas:

—Buen amigo, tú eres el primero a quien me encuentro recién llegado al país. No me quieras mal y ayúdame a preservar estas pertenencias. Te pido que me digas qué tierra es esta y qué gentes la habitan.

—Extranjero, o los vientos te volvieron loco o es que vienes de tierras muy remotas —le contestó Atenea—, ya que así me preguntas por este país cuya fama se extiende desde los pueblos del alba hasta los habitantes de poniente.

Esta es la isla de Ítaca, famosa en los mares. Cierto que es una tierra algo áspera y los caballos no encuentran prados de hierba fresca donde pastar; pero, en cambio, son abundantes los trigos y las viñas lozanas. No faltan las lluvias ni el rocío temprano, y su suelo alimenta grandes rebaños de bueyes, ovejas y cabras.

Ulises se alegró al saberse por fin en su tierra materna, pero no quiso revelar aún quién era. Por ello se inventó un cuento, diciendo que venía de la isla de Creta, huyendo de un destino funesto. Atenea se sonrió de la prudencia de Ulises y mostró su verdadera forma de alta y hermosa mujer. Tomando de la mano al héroe, le habló así:

—Sería difícil hallar quien te sobrepasara en astucia. Pero deja ya tus ingenios ahora que por fin pisas tu querida tierra natal. ¿No la reconoces? Y yo, ¿no sabrías decir acaso quién soy? ¿No reconoces tampoco a Palas Atenea, que te protejo siempre en tus muchos trabajos y penas? Yo hice que los feacios te honraran y quisieran, y ahora, de nuevo, junto a ti acudo para salvar tus bienes y tu hacienda, y para perder a los pretendientes que asedian a tu mujer, la fiel Penélope.

Tras decir estas palabras, Atenea despejó la neblina que todo lo envolvía y se mostró clara la tierra de Ítaca ante los ojos de Ulises: allí estaba la simetría de las viñas, los olivos de plata y los riachuelos que serpenteaban mordiendo el margen de los cultivos. El héroe se arrodilló y besó gozoso la tierra que lo había criado, y dirigió una plegaria a las ninfas de la cueva: a ellas solía llevar ofrendas junto a su padre, el viejo Laertes, cuando era pequeño.

Atenea y Ulises escondieron los tesoros feacios en el fondo de la gruta y se sentaron después a la sombra del grueso olivo a urdir el plan con que vengarse de la arrogancia de los pretendientes. Habló primero la diosa:

—Desde hace ya unos años, este grupo de príncipes aqueos señorea tu hogar, consume tus bienes y pretende a tu esposa para que se olvide de ti. Pero ella suspira todos los días en su lecho, contigo en su mente. Finge dar esperanzas a unos, hace confidencias a otros, para lograr más tiempo por si volvieras tú a casa.

—Sin tu protección, diosa —replicó el buen Ulises—, hubiera encontrado la muerte en mi propio palacio a mi vuelta, igual que ocurrió con el rey Agamenón. Pero ahora pensemos en el fin de esos innobles, pues contigo a mi lado podría luchar contra trescientos hombres sin descanso: tanto fuego y valor en mi pecho infundes.

La diosa Atenea le respondió en seguida:

—Lucharé a tu lado y no saldrás de mi vista cuando nos enfrentemos al peligro: verás cuántos pretendientes verterán su sangre en el mismo suelo donde ahora, cuando bailan, derraman el vino. Ahora conviene que cambie tu forma y ningún hombre te conozca: secaré la piel de tus flexibles miembros, haré que caiga parte de tus rizos, te vestiré con harapos y tejeré de legañas tus ojos hasta dejarlos sin brillo. Así los pretendientes no querrán saber nada de ti y ni siquiera te reconocerán tu hijo ni tu esposa.

Tras hablar de este modo, la divina Atenea lo tocó con su varita y le resecó la piel del cuerpo, dejándolo igual que un anciano; se le cayó a Ulises la rizada melena y sus ojos se nublaron. Quedó todo él convertido en un pobre mendigo, miserable, vestido con una túnica hecha jirones; le colgaba un saco roído del hombro y en la mano llevaba un garrote como bastón.

—Ahora —le aconsejó Atenea—, lo primero que has de hacer es llegarte donde tu porquerizo guarda tus cerdos. Él es todavía un sirviente leal y no mengua su fidelidad por la discreta Penélope ni por Telémaco. Lo encontrarás muy cerca de la roca del Cuervo, justo al lado de la fuente Aretusa, donde los lechones se atiborran de bellotas y beben agua, para estar lozanos y llenos de grasa por dentro. Permanece con él y ve preguntándole todo acerca de tu palacio. Mientras, yo volaré a Esparta, tierra de mujeres hermosas, en busca de tu hijo Telémaco, que es ahora huésped del rey Menelao. Hasta allí fue para indagar sobre tu destino, por si todavía caminabas en el país de los vivos.

Ulises se sorprendió ante tales palabras y le habló a la diosa de esta manera:

—¿Y por qué no se lo dijiste tú misma, que todo lo sabes? Así no se habría ido a viajar por los mares como yo, mientras otros se le comían la hacienda.

—No tengas miedo por él —le respondió Atenea—. Yo misma encarrilé sus pasos para que ganara renombre y buena fama por las tierras. Ahora no sufre aflicción: goza de la generosa hospitalidad de Menelao y nada malo le pasará. Es cierto que los pretendientes le tienen preparada una emboscada, pero te aseguro que no conseguirán lo que se proponen y que se cerrará la tierra sobre ellos antes de que algo le ocurra a Telémaco.

Aplacaron sus palabras el corazón ansioso de Ulises, pues sabía que podía confiar en la diosa. Así se fue él hacia los altos de la roca del Cuervo, a tratar con su porquerizo, mientras la diosa tomaba la ruta de Esparta.

XXI.
LA CASA DEL PORQUERIZO

El prudente Ulises, bajo el aspecto de un pobre mendigo, subió el sendero entre un encinar que llevaba a la porqueriza de los cerdos, al pie de la roca del Cuervo. Allí estaba Eumeo, el porquerizo, que en el momento de llegar Ulises se probaba unas sandalias de cuero. Los perros guardianes de la porqueriza yacían en torno a su amo, pero cuando vieron al desconocido que se acercaba, corrieron hacia él ladrando. Ulises se sentó en el suelo y soltó el bastón, pero mal le hubiera ido si Eumeo no hubiera salido tras los perros dando gritos; se le cayó al buen hombre el cuero, pero, persiguiendo a las bestias, pudo ahuyentarlas. Eumeo condujo después a Ulises a su pequeña cabaña y lo hizo sentarse en un montón de paja que cubrió con una piel de cabra montesa.

—Anciano, poco ha faltado para que mis perros te hicieran pedazos —dijo Eumeo—, y si te hubieran dañado, sobre mí habría caído la culpa. Ya me dan los dioses suficiente dolor por la ausencia de mi amo, que debe de andar errante por tierras extrañas, si es que aún vive.

—Que Zeus te conceda aquello que más desees —le respondió Ulises—, ya que con tanta hospitalidad me acoges en tu casa.

—Forastero, no sería de ley despreciar a quien llega inesperadamente al umbral de mi hogar, ni siquiera si fuera más pobre que tú, pues a todos los extranjeros y mendigos los envía el mismo Zeus, de modo que él ve con buenos ojos cualquier pequeño don que se les haga. Si mi señor, en lugar de vagar por países lejanos, estuviera aquí envejeciendo entre los suyos, yo no me vería reducido a tal miseria. Ojalá desapareciera del mundo la estirpe de Helena, por quien tantos nobles guerreros perdieron la vida, como mi amo, que por lealtad hacia Agamenón se fue a Troya a pelear en combate.

Tras decir esto, Eumeo se fue a la porqueriza, donde escogió dos tiernos lechones, los sacrificó y los chamuscó. Después los troceó y los ofreció a su huésped, acompañados de una copa llena de vino dulce como la miel. Se sentó ante Ulises y le dijo estas aladas palabras:

—Come hasta hartarte, forastero, que estos pequeños lechones son ahora la comida de los siervos; son otros los que degustan los cerdos más grandes que yo engordo en las porquerizas, aquellos príncipes aqueos que, sin temor a los dioses, se pasan el día comiendo en el palacio de mi señor. Incluso los hombres sin ley que devastan un ajeno país y se vuelven a casa con las naves repletas de botín, muestran más respeto a los dioses que esa tropa de pretendientes. Desde que corre el rumor de que el rey ha muerto, se han instalado en sus salas y consumen su hacienda con tremenda arrogancia.

Ulises comía en silencio, escuchando las quejas del porquerizo; mas en sus entrañas tramaba venganza contra aquellos hombres impíos. Le preguntó entonces a Eumeo:

—¿Y quién es ese hombre tan rico que partió hacia Troya y dio su vida en la guerra? Mucho he vagado por el mundo y tengo noticia de muchas cosas. Bien podría ser que lo conociera o que hubiera oído hablar de él.

—Son muchos, anciano, los vagabundos que visitan la casa de mi ama Penélope, quien los acoge con solicitud —relató Eumeo—. Y ellos le explican todo tipo de falsas historias, mientras disfrutan del hospedaje en palacio. Tú mismo, extranjero, inventarías buenas historias si, a cambio, te ofrecieran un manto y una túnica, y te dieran de comer como recompensa. Y mi reina está cansada de verter tantas lágrimas oyendo cuentos mentirosos. Mi amo, el rey Ulises, ha muerto ya en las bocas de los perros famélicos y las aves ligeras, o bien lo devoran los peces incontables del mar; sus restos deben de descansar bajo bancos de arena. Así debe de haber acabado sus días y a nosotros no nos quedan sino penas y trabajos. Yo le lloro especialmente, porque nunca tendré un señor tan noble y generoso. Tanto me duele su ausencia, que aun me cuesta decir su nombre en voz alta.

Respondió entonces Ulises, paciente, con estas palabras:

—Amigo mío, ya que te empeñas en decir que tu señor jamás regresará y que la muerte lo encontró en tierras lejanas, yo ahora te juro por Zeus, soberano del cielo, que Ulises vive y que volverá antes de que la luna rellene su círculo otra vez. No quiero que me des ni túnica ni tu manto hasta que se cumpla lo que he anunciado.

—Anciano, es tan seguro que yo no te daré estos presentes como que Ulises no ha de volver —contestó Eumeo—. Olvidemos este asunto, bebe en paz, apura tu copa y hablemos de otras cosas: no deseo cargar mi corazón con más tristeza. Dejemos tu juramento y, si quieres, deseemos los dos que sí, que Ulises vuelva a palacio, tal como lo desean su esposa Penélope, su viejo padre Laertes y su hijo Telémaco; por él siento mayor pena, porque ha emprendido un viaje a Pilos para buscar nuevas de su padre, pero los pretendientes le tienen dispuesta una trampa a medio trayecto de vuelta. ¡Nadie quedará de su estirpe! Pero ahora quisiera que me hablaras de ti, forastero, y que me digas quién eres. ¿Qué desventura te ha traído hasta aquí?

—A todas tus preguntas te daré respuesta con entera verdad —le dijo Ulises—. Si nos quedáramos en esta cabaña bebiendo y comiendo largo tiempo, mientras los demás prosiguen sus deberes, ni en un año podría explicarte las ansias que pueblan mi pecho y todos los trabajos que pasé por voluntad de los dioses.

Entonces el ingenioso Ulises se inventó una larga historia sobre falsas aventuras del mar. Explicó que era de un linaje ilustre de la isla de Creta, hijo de un hombre riquísimo, y que había partido hacia la guerra de Troya. Combatió allí nueve años junto con otros tantos héroes insignes, hasta que en el décimo verano cayeron las murallas de la ciudad. Entonces, en lugar de regresar a su casa, sintió el impulso de navegar otra vez por los ignorados mares y afrontar el azar de las olas marinas. Fue a parar a las costas de Egipto, donde fue remero, leñador, cantor; fue mercader de esclavos y más tarde también esclavo. Cuando su amo, un fenicio tramposo, lo transportaba en barca, estalló una terrible tempestad en el mar; se hundió la nave y toda la carga, pero él se salvó a nado. Llegó al país de los tesprotos, donde fue acogido por la hospitalidad del rey Fidón y su familia real.

—Fue en la corte del rey de los tesprotos —explicó el falso mendigo— donde tuve noticias de Ulises, tu señor. Fidón lo había acogido con hospitalidad y le guardaba sus riquezas mientras estaba consultando un oráculo. Antes de que Ulises volviera, yo me fui en una nave que el buen rey Fidón me preparó para llegar a mi patria. Pero los marineros prefirieron traicionarme y, tras robar mis bienes y vestirme con esta ropa andrajosa, planearon venderme otra vez como esclavo. Hicimos una parada en Ítaca y al final pude escapar de ellos corriendo a través de la playa. Fui a parar al bosque de encinas que rodean tu casa y hasta tu misma puerta he llegado, donde me has acogido con generosidad.

—Al contarme todo esto —contestó Eumeo—, me conmueves el alma. Pero lo cierto es que noto un gran desorden en tus palabras y hay algo en lo que dices que no convence a mi razón. ¿Por qué salen tales mentiras de tu boca? Nuestro amo, además, ya no vive bajo la luz del sol, nunca más lo volveremos a ver. Yo no tengo ya motivo para bajar a la ciudad, y solo me acerco a petición de Penélope.

—¡Eres, sin duda, incrédulo, amigo, ni te convence mi juramento! —contestó Ulises—. Hagamos un trato: si tu amo regresa a Ítaca, como yo aseguro, tú me regalarás un manto y una túnica, y harás de guía hasta mi hogar. Si no, dejaré que me lances desde la montaña más alta.

—¡Huésped, me ganaría una buena fama si, después de acogerte y darte buena comida, te mato y te parto la cabeza contra las rocas! —exclamó Eumeo—. Sería una ofensa terrible contra Zeus, que cuida de los viajeros. Mejor será que dejemos el asunto y cenemos, porque las sombras comienzan a bajar, el sol se pone.

Entonces al establo llegaron los pastores que durante el día habían guiado a los cerdos por las montañas. Encerraron a las hembras en un cubil aparte y después se reunieron todos alrededor del fuego. Cenaron, guardando siempre los mejores cortes de carne para el extranjero, y con la luna alta marcharon a dormir. Dispuso Eumeo un lecho cerca de la hoguera, con pieles de cabra y oveja, y una manta muy gruesa para que durmiera bien su huésped anciano. Después, él mismo se echó a dormir cerca de los lechones, bajo una cóncava peña al amparo del cierzo.

XXII.
EL RETORNO DE TELÉMACO

Mientras tanto, Atenea había viajado hasta Esparta a buscar a Telémaco, porque era ya hora de que regresara a Ítaca. Lo halló durmiendo en un rico lecho que las siervas del rey Menelao le habían dispuesto. Entonces la diosa se le apareció en sueños y le habló así:

—No está bien, Telémaco, que vayas aún errante lejos de tu hogar, donde unos hombres soberbios se apoderan de todo lo que es tuyo. Es tiempo de que el rey Menelao te señale el camino de vuelta junto a tu madre. Oye bien esto: todos la apremian para que se case con Eurímaco, el más noble y rico de los pretendientes. De ti depende el destino de todo. Hay todavía otro asunto del que te debes ocupar: los más violentos de los príncipes aqueos te han tendido una trampa en el estrecho entre Ítaca y Sama; esperan a que pases con tu barco para matarte, pues no perdonan el viaje que has hecho y quieren evitar que vuelvas a tu casa. Conduce la nave lejos de ese lugar, con la ayuda de las brisas que te enviarán los dioses que bien te quieren. Cuando, dando un rodeo, hayas llegado a Ítaca, haz que tus compañeros vayan a palacio para anunciar a Penélope tu vuelta, salvado de la muerte. Tú, en cambio, marcha por los caminos de piedra hasta la cabaña del porquerizo Eumeo, que ha sido siempre un hombre fiel a ti y a los tuyos.

Tras hablar así, Atenea salió de sus sueños y voló hasta el Olimpo.

Cuando llegó la Aurora con dedos de rosa, Telémaco se levantó con rapidez del lecho y buscó por las salas al glorioso rey Menelao para decirle que no podía pasar más tiempo en su corte, que debía regresar de inmediato a su patria: un dios se lo mandaba. Menelao, que no quería retenerlo en contra de la voluntad divina, le dio su aprobación. Él y su esposa Helena le ofrecieron ricos presentes de hospitalidad, como una ancha copa de plata, cincelada con arte por el mismo dios Hefesto, señor del fuego y del trabajo en la fragua.

Helena, semejante a la luna en esplendor, añadió además un vestido púrpura que ella misma había tejido con sus cándidas manos y le dijo estas palabras aladas:

—Querido, yo también quiero darte este presente, recuerdo de los dedos de la reina Helena. Un día ofrecerás estas ropas a tu esposa en el momento de tus bodas. Hasta entonces, que lo guarde tu madre en palacio. ¡Que llegues con dicha a tu hogar, que los dioses otorguen alegría a tu patria!

Se celebró un pequeño festín en honor a Telémaco y a su compañero de viaje Pisístrato, hijo de Néstor. Se sirvió pan de trigo y vino de miel, y los manjares más exquisitos. Luego, los dos jóvenes enyugaron los caballos a su carro y cargaron sus tesoros. Cuando ya marchaban, el glorioso rey Menelao se despidió con estas palabras:

—¡Que los dioses os guarden, príncipes! Saludad de mi parte al rey Néstor, porque él fue como un padre para mí cuando combatimos juntos bajo las murallas de Troya.

—Así lo haremos, noble Menelao —respondió Telémaco—. ¡Ojalá que al regresar a Ítaca encuentre a mi querido padre para explicarle vuestra piedad y vuestra amistad generosa!

Nada más acabar de hablar pasó un águila que venía volando desde levante; llevaba en sus garras una oca enorme, blanca y mansa, que había robado de algún corral. Un grupo de gente la perseguía gritando y pasó el águila por la derecha del carro. Todos vieron en aquello un signo del cielo y surgió la esperanza en sus pechos. Fue Pisístrato, hijo de Néstor, el primero en hablar:

—Piensa, Menelao, gloria del reino, si este presagio de los dioses se ha mostrado para ti o para nosotros.

Menelao meditaba su respuesta, mas entonces su esposa Helena habló por él:

—Escuchad cómo lo entiende mi alma, inspirada por los dioses: igual que este águila, que viene de su nido en el alto monte, ha raptado una oca criada en un corral, así Ulises, después de vagar y sufrir, volverá a su hogar para vengarse de esos ruines pretendientes, si no es que ha llegado ya y está trazando desgracias contra ellos en su ánimo.

—Que lo cumpla así Zeus inmortal, reina, y en mi casa te invocaré como a una diosa todos los días —respondió el discreto Telémaco.

Y tras hablar de esta forma, fustigó a sus caballos, que volaron tirando del carro a través de la ciudad y de la llanura verdosa.

Así, corriendo, pronto avistaron la ciudadela de Pilos; entonces Telémaco le dijo estas palabras al hijo de Néstor, su compañero:

—Pisístrato, debo pedirte algo, por los lazos de amistad que ahora ya nos unen para siempre: déjame en la misma nave, no me lleves al palacio de tu padre Néstor. El anciano querrá, sin duda, retenerme con su generoso cariño, pero yo ahora prefiero otra cosa: regresar sin más a mi hogar.

Pisístrato comprendió la petición de su amigo y lo acompañó hasta la nave. Allá cargaron los obsequios de Menelao y Helena.

—Date prisa —le dijo Pisístrato a Telémaco—, y haz que tus compañeros lo preparen todo para zarpar. Cuando yo llegue a palacio y mi padre sepa que te vas, querrá venir a buscarte para tenerte unos días con él.

Y tras decir estas palabras, fustigó los caballos de espesa melena y los condujo hacia las altas casas de Pilos. Telémaco llamó a los marinos y los exhortó con palabras de esta guisa:

—Poned deprisa cada cosa en su sitio y tomad los remos, que ya es hora de zarpar.

Y los compañeros subieron a la nave, recogieron las amarras y se sentaron en las filas de bancos donde descansaban los remos. Mas sucedió que, mientras en la popa Telémaco hacía una oración y ofrendas a la diosa Atenea, se acercó hasta él un extraño que caminaba por la playa. Su nombre era Teoclímeno, que huía de la ciudad de Argos porque allí había matado a un hombre. De los dioses había recibido el don de la profecía. Entonces se acercó a Telémaco y le dirigió estas palabras:

—Amigo, puesto que así te hallo en esta tierra extraña, haciendo ofrendas, te pido por los dioses a los que estás honrando y por tu misma cabeza que me acojas en tu nave. Vengo de tierras lejanas, de Argos, criadora de caballos. De allí salí por haber dado muerte a un hombre y desde entonces su familia me persigue para darme un amargo final. Aquí he llegado, fugitivo y sin patria, y ahora ante ti me inclino, sin conocer siquiera tu nombre ni tu patria.

—Extranjero, nosotros venimos de Ítaca y yo soy hijo de Ulises, que tanto tiempo lleva ausente de casa —contestó Telémaco—. Ahora viajamos buscando noticias de él, por si no hubiera muerto todavía. Pero sube a mi nave, si lo deseas, porque no seré yo quien desatienda a un suplicante. Serás tratado como un igual.

Teoclímeno subió a la nave y el buen Telémaco lo hizo sentar junto a él, en el lado de popa. Mientras, los compañeros izaron la blanca vela con cuerdas de duro cuero y Atenea les envió una brisa propicia para que la nave corriera velozmente sobre las olas.

Al ponerse el sol y llenarse todo de sombras, se acercaba la nave al lugar donde los pretendientes tenían lista la emboscada contra Telémaco, entre las islas de Ítaca y Sama. Pero, advertido en sueños por Atenea, sabía el joven cómo evitar la muerte; así, ordenó a los compañeros plegar las anchas velas y remar a fuerza de brazos en la noche inmortal, rodeando el estrecho donde esperaban atentos los pretendientes. Se desvió la nave de su ruta y alcanzó las playas de Ítaca por otro costado. De este modo evitó Telémaco la traición de los aqueos y los dejó allá apostados, viendo pasar el viento y la espuma del mar.

Salvada de la perdición, llegó la nave con la primera luz de la mañana a orillas de Ítaca. Tras haber desembarcado y comido en la playa, Telémaco envió a sus compañeros al poblado, ya que antes quería ver sus fincas y cultivos. Encargó a Pireo, su compañero más fiel, que en su nombre se acogiera a Teoclímeno en palacio como huésped. En ese momento pasó sobre la cabeza de Telémaco un halcón que volaba desde el lado derecho. Llevaba una paloma entre las garras, que se desplumaba en un remolino sinfín de plumas. Tomó entonces Teoclímeno a Telémaco de las manos y le habló así:

—Por orden de algún dios, buen Telémaco, este ave ha querido volar sobre nosotros y dibujar una señal en el cielo: en Ítaca nunca habrá otro linaje más real que el tuyo y el de tu sangre. Vuestra familia será siempre la más fuerte.

—¡Ojalá, extranjero —contestó Telémaco—, se cumpla tu palabra! Te contarías entre mis amigos y todos te hallarían dichoso por los dones que te haría.

Y así, mientras los compañeros se hacían cargo de la nave, se calzaba Telémaco unas buenas sandalias y, empuñando una lanza de bronce, tomaba el camino escarpado hacia la roca del Cuervo, donde estaba la porqueriza de cerdos que guardaba su fiel porquerizo.

XXIII.
ULISES RECONOCIDO
POR TELÉMACO

El prudente Ulises estaba todavía en compañía del buen porquerizo Eumeo, en su cabaña. Después de haber comido, Ulises quiso poner a prueba su hospitalidad y le habló de este modo:

—Eumeo, no quiero ser más gasto para ti ni quiero abusar de tu generosa compañía. He pensado que mañana podría acercarme al pueblo para ver si, pidiendo por las calles y las plazas, le saco a alguien un pedazo de pan o un buen trago. También me acercaría al palacio para explicar a tu reina Penélope lo que ya te he relatado; luego, quizás podría mezclarme entre los pretendientes, a ver si me dan de comer de algún plato del festín.

—¡Extranjero! —exclamó Eumeo—. ¿Cómo te viene a la mente semejante ocurrencia? Si entraras en el corro de los pretendientes, te habrías buscado tu propia ruina, porque su furia arrogante llega hasta el propio cielo: no se lo pensarían demasiado antes de matarte. Ni sus criados son como nosotros, viejos y pobres; son jóvenes con túnica que van bien vestidos y perfumados. Mejor sigue conmigo, que tu presencia no me molesta ni a mí ni a los que viven aquí en la porqueriza. Cuando vuelva Telémaco, el hijo de Ulises, se cuidará de ti y te tratará como a un huésped. Te dará un manto y una túnica, y guiará tus pasos hasta el lugar que te convenga.

—¡Ojalá, Eumeo, le seas tan querido a Zeus como lo eres para mí! —le respondió Ulises—. Pero ya que me retienes aquí y me dices que espere el retorno de Telémaco, háblame de sus abuelos, el padre y la madre de Ulises. Parece que él los dejó en el umbral de la vejez al partir hacia la guerra de Troya.

Eumeo explicó entonces que el viejo Laertes vivía aún, pero que nunca bajaba a la ciudad; se pasaba los días rogando a Zeus que pusiera fin a sus días ancianos dentro de su casa. Había dejado que el sol le secara lentamente los miembros, dolido por la ausencia de su hijo y, además, por la muerte de su esposa, Anticlea, pues la buena madre de Ulises había muerto tiempo atrás por la pena inconsolable causada por la ausencia de su hijo. Esperando su regreso, se marchitó su corazón cargado de suspiros. Eumeo le contó también cómo Laertes le había comprado cuando unos fenicios lo trajeron a Ítaca, siendo solamente un niño. Luego, Anticlea lo había cuidado y criado casi como a un hijo, junto a sus hijas; así él había crecido lleno del amor de sus señores. Por eso, la pena de la familia era también la suya, y anhelaba el regreso de Ulises como quien echa de menos a su hermano.

Mientras Ulises y Eumeo cambiaban estas y otras palabras parecidas, llegó Telémaco por la senda rocosa hasta la cabaña del porquerizo. Al verlo los perros, no ladraron como hacían con los extraños, sino que se le acercaron meneando la cola.

—Eumeo —dijo Ulises—, debe de haber llegado alguien conocido, porque noto el rumor de unos pasos y, en cambio, los perros no ladran.

No había acabado la frase cuando Telémaco entró por la puerta. Se alzó sorprendido el porquerizo; se le cayeron de las manos las jarras y las copas donde estaba mezclando el vino. Saliendo al encuentro de su señor, le besó la cabeza, los ojos y las manos, al tiempo que le caía por las mejillas un llanto abundante.

—Has llegado, Telémaco, como un rayo de sol entre las nubes —decía Eumeo—, cuando ya te creía perdido en el mar. Ya nunca vienes a verme ni subes a la porqueriza como si te gustara quedarte en casa y contemplar el festín indigno de los pretendientes.

—Ya está bien, abuelo —contestó Telémaco—. He venido hasta aquí para que me informes sobre mi madre: ¿sigue esperando en sus salas o ya ha escogido un nuevo marido?

—En casa se mantiene —dijo Eumeo—, sumida aún en el duelo de día y de noche.

De esta manera conversaban los dos. Ulises se había levantado de su asiento y se lo cedía humildemente a Telémaco. Y el joven, al verlo, le preguntó al porquerizo:

—Dime, abuelo, ¿de dónde te ha llegado este huésped? ¿Qué nave lo ha traído hasta Ítaca? Porque no me parece que haya venido a pie hasta estas playas.

—Él explica que proviene de un linaje de Creta —respondió Eumeo—. Huyó de un barco donde lo tenían prisionero y llegó a mi cabaña por azar. Yo lo dejo en tus manos, hijo, porque dice ser tu suplicante.

—¡Ay, Eumeo! ¿Cómo voy a acoger a este forastero en mi casa? —preguntó el discreto Telémaco—. No sería capaz de defenderlo contra las insolencias de los malditos que la ocupan. Mejor será que le dé la ropa que le convenga y que lo guíe allá donde le haga falta. De momento, que no se mueva de aquí. Para que no resulte tan molesto para vosotros, yo te enviaré los vestidos y el sustento necesario con que mantenerlo.

Entonces intervino el prudente Ulises con palabras aladas:

—Amigo, es justo que yo también hable sobre los asuntos que estáis tratando. Quería preguntarte si eres tú quien consiente la impertinencia de los pretendientes. ¿O es que la gente del pueblo te odia y los dioses permiten tu desgracia? Quizás sea que tus hermanos no te ayudan en este trance. ¡Si yo fuera el hijo de Ulises o él mismo que hubiera vuelto! Si yo fuera joven y fuerte, iría a palacio y daría a esos hombres las horas más amargas de su vida, aunque fuera yo solo contra una multitud y me venciera. Es preferible morir así, de un golpe en mi propia casa, a ser testigo todos los días de su ultraje, de la vergüenza que causan varones impíos, ignorantes de las buenas costumbres.

—No me tiene ningún odio la gente del pueblo —explicó Telémaco—, ni tengo hermanos que me puedan ayudar, porque soy hijo único de mi linaje. Pero un hombre, un solo hombre, por valiente que sea, no puede hacer nada contra un ejército de enemigos. Todo, no obstante, dependerá al final de los dioses.

Y dirigiéndose luego al porquerizo, le habló así:

—Ahora tú, Eumeo, baja a palacio a decirle a mi madre que ya he vuelto. Te esperaré aquí arriba hasta que vuelvas.

—¿Y no debería también avisar al viejo Laertes? —pidió el porquerizo—. Hasta hace poco, por mucho duelo que guardara por su hijo, todavía vigilaba los cultivos y comía lo que su sirvienta le ponía en la mesa. Pero desde que tú te embarcaste hacia Pilos, no se ha vuelto a preocupar de la tierra arada, no come ni bebe y la piel se le va fundiendo sobre los huesos.

Telémaco se dolió por su abuelo y dio al porquerizo un encargo para su madre: que enviara, tan pronto como fuera posible, a una sirvienta donde estaba Laertes, para que fuera ella quien le diera la noticia de su vuelta.

Eumeo se fue y entonces Atenea se acercó hasta la casa. Nadie podía advertir su presencia, solamente Ulises y los perros, pues no se muestran los dioses a todo el mundo. Los perros no ladraron y con un gruñido lastimero se arrinconaron al otro lado de la porqueriza. Y Ulises, obedeciendo una señal que la diosa le hizo con las cejas, salió de la cabaña y se le acercó para oírla.

—Ya es tiempo —dijo Atenea— de que reveles a tu hijo quién eres, Ulises, hijo de Laertes. Entre los dos tramaréis la muerte de los pretendientes; yo misma anhelo también combatir. Bajad a palacio, que yo estaré a vuestro lado.

Lo rozó la diosa con su vara de oro y el aspecto del héroe cambió de nuevo: vestía con un manto brillante de lino, le caían de nuevo sus largos mechones en la frente y volvía a ser en todo un varón fornido y fuerte. Se alejó la diosa y Ulises entró de nuevo donde estaba Telémaco. Se espantó el joven al verlo tan cambiado y apartó los ojos, temiendo algún hechizo.

—Extranjero —dijo temblando—, qué diferente te apareces ahora del que eras hace unos momentos. Tu ropa y tu piel brillan y no son las mismas: sin duda tienes que ser uno de los dioses que poseen el amplio cielo. Te pido que nos seas propicio y que no nos dañes.

—No soy ningún dios —respondió Ulises—; soy tu padre, que después de veinte años y tantas penas ha logrado regresar a su patria.

Tras hablar así, abrazó a su hijo, dejando ir lágrimas que había contenido hasta ese momento. Pero Telémaco no quería creer que aquel fuera su padre y le dijo estas palabras:

—No, no eres mi padre, sino algún hechizo divino que me quiere dar más penas todavía. No pueden los hombres mortales cambiar su rostro según les plazca, ser ahora viejo y luego joven, a menos que un dios los ayude.

—Telémaco —le respondió Ulises—, abandona la sorpresa y no seas incrédulo. Yo soy tu padre y sí que me asiste un dios a las espaldas: Atenea, la de ojos lucientes, que muda mi aspecto, convirtiéndome en un viejo miserable y luego en un hombre más joven de ricos vestidos, puesto que ella lo puede todo. Los dioses del amplio cielo deciden si glorificar o envilecer a un mortal.

Tomó asiento Ulises tras hablar de este modo. Y entonces se le echó Telémaco a los brazos, con los ojos llenos de lágrimas, y ambos se aliviaron con el llanto, incapaces de hablar por mucho rato, pues se les torcían los labios de dolor y sus ojos estaban borrosos.

Después, padre e hijo se explicaron sus viajes por el mar y sus desdichas. Telémaco narró las circunstancias de su palacio, la incesante fidelidad de Penélope y su engaño de la tela, tejida y destejida tantas veces; le habló de la insolencia de los pretendientes, de lo numeroso que era el grupo que formaban y de la violencia que albergaban en su pecho.

—Padre, tu fama como arquero me llegó a mí desde pequeño, y eres además un hombre rico en ingenios, pero son muchos los pretendientes que infestan nuestro hogar y cada uno ha traído a sus sirvientes. Muy cara podría salirte tu venganza contra ellos si nos enfrentamos nosotros dos contra todos.

—Atiende un momento, hijo —respondió Ulises—, y dime si nos bastarán la diosa Atenea y con ella su padre Zeus, que rige el cielo.

—Desde luego, son buenos aliados estos dos que nombras —replicó Telémaco—, tienen su asiento muy por encima de las nubes y gobiernan sobre los hombres mortales y los otros dioses.

—Ellos dos no estarán muy lejos de nosotros cuando el rumor de la batalla suba hasta el cielo. Pero ahora, Telémaco, hijo mío querido, ve a nuestra casa y mézclate con los pretendientes, por poco que te plazca. Apareceré yo más tarde, bajo el aspecto de un pobre mendigo, junto con el buen porquerizo Eumeo. Por mucho que veas que me maltratan esos varones, por muchas ofensas que me veas sufrir, sé paciente y déjales hacer. Mas cuando llegue su

hora última, yo te haré una señal: entonces recoge todas las armas que cuelgan de las paredes y escóndelas, para que ellos no puedan usarlas; deja solamente dos espadas, dos lanzas y dos escudos para nosotros dos. Otra cosa guarda en tu mente: que no haya nadie en la casa que sepa de mi regreso, ni sirvientes, ni criadas, ni tan siquiera tu madre. De esta manera sabremos quién nos ha sido siempre fiel y quién tiene el corazón con los enemigos; los traidores correrán su misma suerte fatal.

Así conversaron, con estas y parecidas palabras. Y antes de que regresara el porquerizo Eumeo, Atenea transformó a Ulises otra vez en aquel anciano miserable, porque nadie más que Telémaco y la propia diosa debían conocer el engaño.

XXIV.
EL MENDIGO
ENTRE LOS PRETENDIENTES

Cuando a la mañana siguiente resplandeció, con dedos de rosa, la divina Aurora, Telémaco se anudó a los pies sus duras sandalias, empuñó una lanza poderosa y se dispuso a tomar el camino de vuelta a la ciudad, no sin antes hablar así al buen porquerizo Eumeo:

—Es tiempo de que vuelva a palacio para que mi madre me vea, que no dejará de llorar hasta que me tome en sus brazos amorosos. Pero te encargo una cosa: acompaña después al extranjero a la ciudad para que pueda mendigar por las calles, a ver si alguien le da un pedazo de pan o un vaso de vino. Yo ya tengo el pecho cargado con mis propias penas y no puedo mantener a cualquiera que aquí se presente. Si el huésped quiere molestarse con mis palabras, peor para él, que a mí me gusta hablar sin rodeos.

Y le respondió el prudente Ulises de esta guisa:

—Yo, por mi parte, no tengo más interés en seguir aquí, en este establo de cerdos. Para un pobre es siempre mejor buscar caridad en las ciudades que en mitad del campo.

Puedes marchar tranquilo, que ya me acompañará este buen hombre a quien se lo has encargado. Más tarde bajaremos, cuando el sol ya en lo alto caliente un poco más; con estos andrajos que tengo por ropa podría enfermarme la helada de la mañana.

Y Telémaco, con ágiles pasos, emprendió el camino que bajaba a la ciudad, mientras meditaba desgracias para los impíos pretendientes. Al llegar a palacio, se dirigió hacia las estancias de su madre. La nodriza Euriclea fue la primera en advertir su presencia y lo abrazó besándole la frente y los ojos, pues tanto ella como Penélope habían temido por su vida desde que supieron de la emboscada dispuesta por los pretendientes. Cuando su madre lo vio, le tendió los brazos alrededor del cuello y, llorando, dijo estas palabras:

—Has vuelto, Telémaco, dulce luz. Yo creía que ya nunca más te volvería a ver, después de que te embarcaras hacia Pilos a buscar noticias de tu padre. Explícame ahora todo lo que hayas podido averiguar.

Telémaco le explicó a su madre lo poco que había podido saber de boca del glorioso Menelao, rey de Esparta. Se prendió una pequeña luz de esperanza en el corazón de Penélope al saber que su marido podía estar vivo todavía. Cerca de ellos estaba Teoclímeno, adivino inspirado, el que huyendo había sido recogido por Telémaco en la playa de Pilos como huésped. Y dijo estas aladas palabras a Penélope:

—Venerable esposa de Ulises, atiende a mis palabras, pues son los mismos dioses los que me inspiran: Ulises ya está en su tierra, ya conoce los oprobios de los varones aqueos; en su mente ya les está sembrando semillas de desdicha. Esa es la señal que noté en el cielo por el vuelo de las aves, cuando navegábamos en el barco hacia aquí.

Mientras, los pretendientes ya sabían que Telémaco había esquivado su trampa en el mar y lo maldecían tramando maldades. Unos querían matarlo en el campo, bajo la noche profunda, donde no habría testigos del crimen; otros preferían esperar a ver qué decisión tomaba Penélope, si a uno de ellos tomaría como esposo. Todos querían tener en sus codiciosas manos la hacienda de Ulises y casarse sin demora con su esposa. Se decidió finalmente no matar a Telémaco hasta que los dioses dieran una clara señal de hacerlo, pues temían el castigo divino si obraban contrariamente a Zeus, señor de las nubes.

Hacia el mediodía, cuando el sol ya ha recorrido la mitad del cielo, Ulises y Eumeo salieron de la cabaña y bajaron por la senda que llevaba a la ciudad. Al pasar junto a una fuente, se encontraron a Melantio, el cabrero, que conducía unas cabras a palacio para el festín de los pretendientes. Iba con dos jóvenes pastores que lo ayudaban y, cuando Melantio vio a Ulises y Eumeo, gritó estas injuriosas palabras:

—Mirad, un hombre sucio y harapiento que le hace de guía a otro que lo sobrepasa en suciedad y porquería. ¿A dónde te llevas ese perro, porquerizo? Si me lo quisieras dar, yo le daría una ocupación con que ganarse el pan todos los días, cuidando cabras; mas seguro que su miseria es hija de la pereza y debe de ser de aquellos que siempre se escabullen del trabajo.

Y tras hablar así, dio una patada a Ulises en la pierna; meditó el héroe si debía matar al cabrero de un golpe certero o bien lanzarlo contra las rocas. Pero se contuvo Ulises, prudente, para no delatar su disfraz. Así, permitió que se alejara el cabrero por el camino mientras él y Eumeo se quedaban atrás.

Cuando llegaron a palacio, el porquerizo entró primero mientras Ulises esperaba quieto en el umbral. Allí cerca, en el jardín, sobre un montón de paja podrida descansaba un perro sucio, que irguió su cabeza y sus orejas: era Argos, el perro de Ulises, criado por él cuando era solo un cachorro. Ausente su dueño, no volvió a salir a cazar ni guardaba la casa, sino que yacía despreciado en un montón de estiércol para abonar el jardín. Argos notó en seguida la presencia de Ulises y quiso acercarse a él, coleando débilmente, pero no tuvo fuerzas para alzarse y se quedó mirando a Ulises. Él desvió la mirada y se secó una lágrima cubriéndose un momento la cara, conmovido. Argos, aquel perro que estaba echado en el estiércol, había sido el primero en reconocer a Ulises tras veinte años de ausencia; así, apoyó la cabeza entre las patas y se dejó caer en las sombras de la muerte.

Dentro de palacio, Telémaco hizo que atendieran al porquerizo Eumeo y también envió algún plato con comida al mendigo que fuera esperaba. Le permitió pedir entre los pretendientes por si alguno se apiadaba de él y le daba algo; pero Ulises solamente quería averiguar qué aqueos tenían buenos sentimientos y cuáles el corazón de piedra: así, ellos mismos se labrarían su propia desgracia. Algunos le tenían lástima y le daban migajas, preguntándose quién era aquel viejo.

—Yo lo he visto antes —aclaró Melantio, el cabrero, que buscaba favores entre los pretendientes—; lo ha traído el porquero hasta aquí. Pero no sé cómo se llama ni de dónde viene.

—Porquero, ¿por qué te has traído a la ciudad semejante pieza? —preguntó el insolente Antínoo, cabecilla de los pretendientes—. ¿Es que no tenemos suficientes vagabundos y pobres que vengan por aquí para aguarnos la fiesta?

Intervino entonces Telémaco diciendo estas palabras:

—No son dignas tus palabras de un noble, Antínoo. Pero ya que tienes tanta ansia por mis bienes, como si yo fuera tu hijo, te permito que cojas lo que quieras y se lo des al huésped. No seré yo quien se lamente.

—Si todos dieran a los mendigos el mismo trato que yo —dijo rabioso Antínoo—, pronto estaría limpia la casa de este tipo de invitados.

Tras decir esto, tomó una banqueta que había bajo la mesa con intención de lanzarla; mas se le acercó Ulises y le habló de la manera siguiente:

—Amigo, dame tú también algo, como han hecho tus compañeros; no pareces más vil que los demás, sino que tu aspecto es el de un rey. Piensa que yo también fui un varón poderoso tiempo atrás; tenía una casa rica y favorecía a los vagabundos errantes que llegaban a mi puerta. Pero Zeus todopoderoso, un día, todo me lo quitó.

—¿Qué dios nos ha traído esta peste de comensal a la mesa? —interrogó Antínoo—. Apartadlo de mí o poco le quedará para sufrir nuevas penas. Mendiga roñoso entre nosotros y aun presume de ser un príncipe; los demás le dan cosas porque es fácil ser generoso con los bienes de otro.

Entonces Ulises se alejó de él y le dijo estas duras palabras:

—Tienes la presencia de un rey, pero ni siquiera darías sal si vinieran a pedírtela; tan ruin es tu talante que ni puedes ofrecer aquello que no es tuyo.

Al oírlo, Antínoo se llenó de furor y le lanzó la banqueta contra el pecho; pero Ulises aguantó, firme como una roca contra las olas. Sin decir nada, se fue hacia la puerta con el zurrón lleno de comida, ladeando la cabeza mientras ya meditaba desgracias para los varones. Entonces se giró y les dijo:

—Escuchadme, pretendientes de alto linaje. No es lo mismo que un hombre sea herido mientras combate en la guerra, cara a cara, que reciba tal golpe a traición de parte de Antínoo. Si hay dioses que miran y sopesan tales afrentas, les pido que, antes de las bodas, él muerda el polvo.

—Siéntate y come o vete de aquí, extranjero —dijo Antínoo—, pero mejor será que no digas más, o te arriesgas a que te arranquemos la piel si sigues hablando.

Algunos pretendientes reprocharon a Antínoo su violencia contra el mendigo, mientras Telémaco lo miraba todo sin decir nada, conteniendo la rabia que le hervía en el corazón.

Entonces Penélope supo por sus sirvientas lo que había pasado con el huésped mendigo y maldijo al insolente Antínoo:

—¡Ojalá que Apolo, arquero sagrado, lo alcance de la misma manera con sus flechas aladas! Quisiera saber ahora quién es el viejo que come en el umbral de nuestra puerta. Tú, buen Eumeo, ve y dile que quiero conversar con él y hacerle preguntas sobre su origen.

El porquerizo fue hasta el prudente Ulises a llevarle el mensaje de la reina, a lo que este respondió con aladas palabras:

—Estoy dispuesto a hablar con la reina y a contarle todo lo que sé, pero temo la crueldad de los pretendientes. Dile a la discreta Penélope que tan pronto como el sol se ponga, iré a verla para que me haga todas las preguntas que quiera sobre su marido y sobre el día de su vuelta, pues yo lo he visto y sé bien cuándo estará de regreso.

Así se lo comunicó el porquerizo a Penélope; se admiró la reina de la prudencia del extranjero y estuvo de acuerdo. Después Telémaco hizo que Eumeo comiera en su mesa; así, el buen porquerizo volvió a su cabaña en la roca del Cuervo tras haber comido gustosamente.

XXV.
LA RIÑA ENTRE MENDIGOS

Por entonces, ocurrió que un mendigo conocido en el pueblo se acercó hasta palacio, donde los pretendientes se divertían con el canto y la danza. Era este un pordiosero que a menudo iba a pedir entre los príncipes aqueos; era de vientre insaciable, y devoraba y bebía sin medida. Lo conocían bien los pretendientes porque les traía recados y por burlarse de él lo apodaban Iro: tal como Iris es la mensajera de los dioses, él era el recadero de los hombres.

Cuando este Iro vio a Ulises en el portal, lo insultó y quiso ahuyentarlo de allí, temiendo que otro le quitara sus limosnas.

—¡Sal de aquí, viejo miserable —gritó—, si no quieres que te saque arrastrándote de los pies! ¿No ves que todos me guiñan el ojo para que te eche? Vete por tu propio pie, si quieres evitar llegar a las manos conmigo.

—¿Qué mal te hago aquí? ¿Qué estorbo soy para que te den limosna? —preguntó el paciente Ulises—. Cabemos los dos bajo el umbral, pero no quieras resolver el asunto con los puños, no sea que un viejo como yo te deje la cara sangrante y jamás puedas volver aquí, a la casa de Ulises.

—¡Ay, qué ligero de lengua es este gorrón! —exclamó Iro—. Recógete la ropa y cíñetela bien, que vamos a pelear; pero mira que vas a luchar contra un hombre más joven que tú.

Cuando se dieron cuenta los pretendientes de que los dos mendigos se preparaban para la pelea, empezaron las risas y las burlas, pues para ellos la lucha entre aquellos pobres era un divertimento más. Antínoo los animó además con estas palabras:

—¡Escuchad, púgiles roñosos! Aquí tenemos estas tripas de cabra, embutidas de manteca, que se cuecen a fuego lento. Quien gane de los dos, que tome de este plato cuanto quiera. Y podrá comer en nuestra mesa, y ningún otro mendigo podrá hacernos compañía.

—El hambre me obliga a luchar —dijo Ulises—, pero juradme que ninguno de vosotros, por ayudar a Iro, me atacará por la espalda.

Lo juraron todos. Se ciñeron los contrincantes las mangas al hombro y los faldones al vientre; entonces quedaron a la vista los miembros robustos de Ulises y, por obra de Atenea, más fuertes parecían sus brazos y sus piernas, y todos sus músculos. Se admiraron los aqueos, mas Iro se puso a temblar y, sorprendido, se echó atrás. Los pretendientes formaban un cerco alrededor de los mendigos y se reían de Iro, lo zarandeaban y no le dejaban marchar.

Dudaba Ulises si quitarle la vida de un golpe o medir su fuerza para que nadie sospechase de él; prefirió lo segundo.

Así que empezó la pelea: Ulises hundió su puño en la cara de Iro, que cayó al suelo sangrando por la boca y la nariz, sin poder ya levantarse. Se maravillaron los aqueos y aplaudían muriéndose de risa, acogiendo a Ulises entre burlas.

Pero Ulises tomó a Iro del pie y lo arrastró hasta el muro que rodeaba la casa por fuera. Lo apoyó contra la pared y le dijo:

—Quédate ahí sentado a ahuyentar perros, bien tranquilo, y no te des más por rey de los mendigos, tan miserable como eres, no sea que aún te vengan peores males.

Se enteró Penélope de lo ocurrido ante su puerta y se afligió de que un mendigo arrogante hubiera ofendido a su huésped, bien que fuera también pobre. Se cubrió las mejillas con un velo brillante y perfumó sus cabellos y sus manos. Atenea quiso además otorgarle dones divinos, por lo que le puso más vigor en el cuerpo, hizo sus brazos más tersos y la vistió de una blancura en el rostro más radiante que el propio marfil. Así, acompañada por dos sirvientas, bajó Penélope hasta las salas donde estaban los pretendientes reunidos; ellos, vencidos por su encanto al verla, sentían temblar las rodillas y todos querían estar cerca de ella.

Penélope buscó a su hijo para reprocharle no haber hecho nada al ver que alguien ofendía a su huésped, un pobre hombre que había venido a traerle noticias de Ulises. Y Telémaco le contestó de esta forma:

—Madre, no te enojes, porque soy ya un hombre crecido y sensatez no me falta. La pelea no ha salido como esperaban los pretendientes: ahí fuera está Iro, sentado en un rincón, sin ánimo de levantarse. Ha perdido la fuerza y también la arrogancia, incapaz de volver por aquí. ¡Ojalá los dioses dieran el mismo trato a estos hombres que abusan de nuestra hacienda!

Los pretendientes seguían todavía deslumbrados por Penélope y su luz; la cortejaban, le decían melosas palabras de seducción; incluso le ofrecían regalos espléndidos que hacían traer a sirvientes. Los aceptó pacientemente la discreta reina y ordenó que se guardaran tales presentes en su cámara. Luego, ella misma subió a sus estancias, a esperar la llegada de la noche estrellada.

Entonces empezaron otra vez las burlas de los aqueos contra Ulises, que comía su tripa de cabra. Uno de ellos, Eurímaco, le preguntó si no querría trabajar en sus cultivos, o si prefería vestir harapos y comer pan duro. Ulises le respondió preguntándole si no prefería marchar de allí antes de que volviera el rey de la casa, porque, cuando eso pasara, le quedaría estrecha la puerta para salir huyendo por ella. Eurímaco se llenó de ira por este atrevimiento y le lanzó una banqueta, pero Ulises la esquivó y fue a parar contra un copero que llevaba un ánfora en la mano. Se le cayó al suelo con gran estrépito y se dolía a gritos el copero; por culpa de aquel mendigo había gran confusión en la casa.

Puso paz el discreto Telémaco con palabras sensatas; era hora de que todos volvieran a sus casas antes de que, cargados de vino, empezaran una pelea mayor en las salas.

Así, con la caída de las sombras, se fueron todos los pretendientes a su hogar, vencidos por el sueño. Se llenó el palacio entonces de silencio y de noche oscura.

XXVI.
ULISES Y EURICLEA

Cuando Telémaco y Ulises estuvieron ya solos, empezaron a tramar su venganza. Y lo primero que hicieron fue retirar todas las armas que colgaban de las paredes de la sala. Las bajaron a la bodega, junto a los tesoros escondidos de Ulises. Y Atenea les iluminaba el camino llenando las estancias con pequeñas luces de oro que volaban en torno a ellos. Luego, Telémaco marchó a dormir y Ulises se quedó solo en un rincón de la gran sala de palacio.

Penélope salió entonces de su cuarto, acompañada por sus sirvientas, que se adelantaron hasta la sala para recoger las mesas.

Entró detrás Penélope, con el deseo de interrogar al vagabundo por si le daba alguna noticia sobre su esposo perdido. Se sentaron cerca del fuego, en sendos taburetes, para hablar cara a cara.

—Ante todo, extranjero, quisiera saber quién eres y quiénes son tus padres. ¿Cuál es el nombre de tu ciudad? —preguntó Penélope.

Ulises esquivó aquellas preguntas, diciendo que contestarlas le traería solamente más penas. Penélope, en cambio, explicó sus desdichas sobre cómo la innoble tropa de pretendientes le habían invadido la casa y no dejaban de importunarla con peticiones injustas de boda: pues daban por muerto a su marido, Ulises rey de Ítaca. Pero después de aliviar su corazón, insistía Penélope al extranjero para que le dijera cuál era su origen, su cuna y la ciudad que lo vio crecer. Y Ulises, rico en ingenios, inventó la respuesta: se hizo pasar por hijo de una ilustre familia de Creta que tiempo atrás había acogido a Ulises cuando el viento había desviado su nave de rumbo; dijo que esta familia lo acogió en su hogar hasta que amainó el cierzo y pudo reemprender su viaje a Ítaca. Oyendo Penélope sus mentiras, dejaba ir el llanto y se derretían sus mejillas como nieve que, cuando se funde, corre por las cumbres y alimenta la corriente de los ríos.

Y Ulises sentía gran tristeza por su esposa y ganas de llorar con ella, pero retuvo sus ojos, que parecían de bronce o de hierro: tenían fija la mirada, sin parpadeo alguno. Cuando Penélope recuperó la voz, habló de esta manera al mendigo:

—Ahora, extranjero, quisiera probarte para ver si lo que me cuentas es cierto, que diste hospedaje a mi marido. Dime qué tipo de ropa cubría su cuerpo, y cómo era él.

—Después de tantos años —respondió el ingenioso Ulises—, no resulta fácil describir su persona, pero te diré lo que yo recuerdo. Llevaba una capa de lana, cubierta de púrpura, con un broche de oro, y con un dibujo que representaba a un perro sujetando con sus patas a un cervatillo moribundo. Recuerdo también que cubría su cuerpo con una túnica espléndida, fina como piel de cebolla.

Penélope reconoció aquellas señales y, de nuevo, no pudo contener las lágrimas, hablando de esta guisa:

—A partir de ahora, extranjero, en esta casa serás acogido siempre con todo respeto y amistad, porque esos vestidos que recuerdas no son otros que los que yo le di cuando partió hacia la guerra de Troya. Pero ya no recibiré nunca a mi esposo de vuelta a su tierra paterna ni a su palacio.

—No llores, esposa de Ulises, ni marchites más tu hermosura con lamentos —le dijo Ulises—. No agotes más tu corazón. Entiendo tu tristeza, porque toda mujer lloraría la ausencia de su marido; pero yo he oído decir que Ulises no está muy lejos de aquí, que ya se acerca, cargado de riquezas. Y te juro, noble reina, por la hospitalidad que de ti he recibido, que antes de que la luna rellene su círculo otra vez, tendrás aquí a tu marido.

Penélope dudaba todavía de las palabras del mendigo, pero su corazón agradecía la débil esperanza que le infundía. Ordenó a las sirvientas que lavaran los pies al extranjero, gastados de tanto caminar, y que le prepararan una cama donde reposar. Mas habló así el prudente Ulises:

—Desde que dejé mi tierra natal, he odiado las mantas y las suaves colchas: mi lecho será el mismo suelo, donde tantas noches he pasado. Tampoco, reina, tengo ya la costumbre de los baños de pies; solo quiero que me los lave la sirvienta de más edad.

Penélope designó a la vieja Euriclea, la criadora de Ulises, para que lo lavara. Cuando la anciana vio y tocó los pies del mendigo, tan llagados por las caminatas, se puso a llorar, pensando que el pobre Ulises, dondequiera que anduviese, tendría un aspecto semejante.

Así, lavando los pies del mendigo, Euriclea notó una cicatriz en la pierna, antigua; y recordó que Ulises tenía una igual, pues, cuando era muy joven, fue herido por un jabalí durante un día de caza en las montañas. Al ver la cicatriz, Euriclea dejó caer la pierna del hombre sobre la tinaja de bronce, que se volcó con toda el agua por el suelo. La anciana, tocando la barba de Ulises, dijo lo siguiente:

—¡Tú eres Ulises, mi niño querido, y no he sabido reconocerte hasta que he tocado tus pies!

Y se giró hacia Penélope, para decirle que allí mismo estaba su querido esposo; pero ella no pudo oírla ni ver nada, porque Atenea le nubló el pensamiento. Entonces Ulises agarró con firmeza a la anciana y se la acercó para hablarle así:

—Ama, que me criaste desde que nací, ¿por qué quieres perderme ahora? Sí, soy Ulises, que tras veinte años vuelvo a la patria: solo tú me has reconocido. Pero no digas nada. Nadie más ha de saberlo; si no, ni de ti me apiadaré cuando destruya a todos los pretendientes y a las siervas infieles.

—Hijo mío —le respondió Euriclea—, ¿qué palabras tan terribles te han huido más allá de los dientes? Es mi espíritu firme como roca o hierro. Si el dios que llevas dentro quiere matar a los insolentes aqueos, yo te puedo indicar, una a una, quiénes son las sirvientas que te han traicionado con ellos y cuáles han permanecido fieles a tu memoria.

—De momento —dijo Ulises—, tú procura no hablar más. Confíalo todo a los dioses, que sabrán dar buen término a todo esto.

Euriclea se fue por más agua; luego lavó a su señor y lo frotó con aceite de oliva. Ulises se acercó de nuevo al fuego y se tapó bien la cicatriz con uno de sus harapos. Entonces Penélope recuperó el conocimiento y, aturdida, se dirigió al mendigo con estas palabras:

—Extranjero, quiero pedirte todavía otra cosa; pronto será la hora del reposo y subiré a mis estancias. Quería narrarte un sueño que he tenido. Hay en el jardín un pequeño redil con veinte ocas, que son mi orgullo. He soñado que, de repente, llegaba un águila desde la montaña y con sus grandes garras les rompía el cuello a todas. Yo me deshacía en llanto por mis ocas, pero el águila, posándose en una viga del techo, me hablaba con voz humana y decía: «No llores más, desconsolada: no es esto un sueño, sino una visión. Son las ocas los pretendientes y yo, como tu esposo que ya viene a cumplir su destino.» Entonces me he despertado y he salido a mirar las ocas: ahí estaban, picando trigo como siempre.

—Reina —dijo el prudente Ulises—, solo hay una forma de entender el sueño, y es como te ha dicho el águila, que en realidad era tu propio marido.

—De todos modos, huésped —contestó Penélope—, los sueños son ambiguos y muchas de las visiones que nos traen han de cumplirse. Y yo no puedo creer que mi sueño del águila sea cierto, si bien mi hijo y yo tendríamos gran alegría. Ahora te diré una última cosa, extranjero. Mañana voy a poner una prueba a los pretendientes: quien sea capaz, entre ellos, de curvar el arco de Ulises y disparar una flecha por el ojo de doce hachas dispuestas en tierra, ese será el que yo acepte como marido. Y lo seguiré, partiendo de esta casa como esposa.

—Reina venerable —respondió él—, mejor no retrases mucho esa prueba, porque antes de que los pretendientes hayan podido tensar la cuerda del arco, Ulises ya estará de vuelta en su hogar.

Así conversaban, hasta que sintieron necesidad de reposo. Ulises se acomodó en el suelo de la gran sala; Penélope subió a sus estancias, acompañada por dos sirvientas. Ya en el lecho derramó lágrimas por su esposo perdido, hasta que Atenea le infundió un dulce sueño sobre los ojos.

XXVII.
EL ÚLTIMO FESTÍN
DE LOS PRETENDIENTES

Cuando se quedó solo en la sala, Ulises extendió una piel de buey y otra de oveja en el suelo, y se echó encima a descansar. Lo acabó de cubrir una buena sirvienta, echándole un manto sobre el cuerpo. En el corazón de la noche, en silencio, meditaba el héroe la muerte de los pretendientes y de las criadas que habían trabado amistad con ellos. Eran muchos los aqueos y él era un ejército de un solo hombre; si los venciera, ¿qué guerra estallaría después en Ítaca por la muerte de tantos príncipes? Sin dormir, muchas dudas le roían las entrañas y no podía cerrar los ojos. Y he aquí que se le apareció Atenea y lo consoló, infundiéndole valor en el pecho: estaría ella a su lado, fueran veinte o cien sus enemigos. Lo dejó la diosa dormido, tras cargar sus párpados con un sueño profundo.

Brilló entonces la Aurora en su trono de oro y Penélope sintió de nuevo una pena que le atenazaba el pecho, pues aquel día tendría que escoger marido mediante la prueba del arco. Sus sollozos resonaron por la casa y despertaron a Ulises; él se quedó sorprendido: por momentos le parecía que su esposa estaba a su lado y que lo había descubierto. Se levantó de su lecho y corrió al patio, donde alzó las manos a Zeus y le dirigió una plegaria:

—Padre Zeus, ahora que los dioses me habéis permitido llegar hasta aquí, tras sufrir tantos males, dame una señal propicia desde el cielo espacioso y otra señal, aquí en la tierra, de la voz de algún mortal.

Zeus acogió su súplica y al momento sonó su trueno por toda la bóveda celeste. Se llenó el corazón de Ulises de alegría. Al mismo tiempo, dentro de la casa, una criada que ya estaba levantada moliendo harina de trigo, dijo en voz alta, tras oír el trueno:

—Padre Zeus, que riges a dioses y a hombres, has desatado tu poderoso trueno en esta hora temprana, cuando el cielo aún luce estrellado y sin que lo recorran las nubes. Es, sin duda, una señal para alguien, pero a mí concédeme esto que te pido: que sea hoy el último festín de los pretendientes. Bien molida tengo yo la espalda a fuerza de moler cebada y trigo para ellos.

Y Ulises la oyó también, y todavía se sintió más gozoso.

Con la mañana empezada, se levantó el resto de sirvientas. Encendieron el fuego del hogar y prepararon las mesas y la sala entera para el banquete diario. Se levantó también Telémaco y, tras vestirse y calzarse unas hermosas sandalias, se colgó la espada cortante del hombro y empuñó una lanza de bronce: se parecía talmente a los dioses. Bajó a las salas para dar instrucciones a las criadas.

Como era costumbre, un poco más tarde llegaron a palacio los pastores, que traían las bestias para la comida. Fue el primero el buen porquerizo Eumeo, con tres cerdos lozanos; luego, el insolente Melantio, con sus cabras; y finalmente Filetio, el mayoral de los pastores, que traía una vaca y más cabras. Era este Filetio un hombre piadoso, fiel a la memoria de su amo. Todos dejaron el ganado al amparo del portal y Filetio, al ver al extranjero, lo saludó con estas palabras:

—¡Salud, padre huésped! Que los dioses te permitan ser feliz de aquí en adelante. Cuando te he visto, por un momento se me han empañado los ojos, porque me has recordado a mi buen amo, Ulises: debe de vagar él también con tu mismo aspecto, vestido en harapos, mendigando quién sabe por qué tierras, si es que camina todavía bajo la luz del sol. Ahora unos extraños infestan su casa y se comen sus bienes. Por no verlo, haría ya mucho que habría marchado de aquí, buscando refugio en la corte de otro rey; pero aún me acuerdo de aquel hombre que era mi dueño y espero, por si algún día regresa.

—Vaquerizo —contestó Ulises—, viendo tu nobleza y qué sensata es el alma que llevas, déjame jurarte algo: antes de que te vayas, Ulises habrá llegado y ante tus ojos sembrará la ruina entre los pretendientes.

—¡Que un dios cumpla tus palabras! —exclamaron Filetio y Eumeo, cuidador de los cerdos.

Como todos los días, llegaron por fin los pretendientes, sin pensar en otra cosa que en la comida sabrosa. Sacrificados los carneros y las cabras, los lechones y aun la cabra rolliza, cocieron la carne y se dieron al banquete, mientras el porquerizo Eumeo, Filetio y Melantio les servían pan de las cestas y llenaban las copas de vino.

Telémaco, en tanto, hacía sentar a su padre en un taburete, ante una mesita, y le servía una parte de las tripas asadas con una copa de vino.

—Toma asiento aquí —le dijo—, que yo evitaré que estos varones te insulten o te pongan las manos encima. Esta es la casa de Ulises, esta es, también, mi casa: a mí me toca regirla como hijo del rey. Absteneos vosotros de ofensas y burlas, no tengamos otra pelea.

Todos los pretendientes se mordieron los labios y admiraron el nuevo valor que mostraba Telémaco en sus palabras; mas por dentro le tramaban maldades. De otro modo, sin embargo, lo quiso Atenea, que instigó a los pretendientes a lanzar más ofensas: la diosa quería llenar de más rabia el pecho del prudente Ulises. Por eso, uno de ellos, de nombre Ctesipo, hombre sin ley ni medida, habló con insolentes palabras:

—Escuchadme todos un momento, amigos: este huésped recibe su parte del banquete igual que nosotros, y no está bien que a los huéspedes de Telémaco se les escatime la hospitalidad que le debemos. Vaya aquí mi don de hospedaje con él.

Y, tras hablar así, cogió una pata de buey que había en un canasto y la lanzó contra Ulises con fuerza; pero él la esquivó agachando la cabeza. Se estrelló la pata contra la pared. Telémaco miró a Ctesipo con el ceño fruncido y le habló de la manera siguiente:

—Has tenido suerte, Ctesipo, de no haber alcanzado al extranjero, porque de otro modo mi lanza te habría ya traspasado: tu padre habría tenido que celebrar un funeral en lugar de unas bodas. Que nadie ultraje a mi huésped, que ya no soy un niño y no soportaré vuestras injurias. He aguantado viendo estas y otras cosas, el gasto de vino, mi hacienda consumida y los rebaños menguados: habéis dejado la casa sin pan. Y, si me queréis matar como enemigo, aquí estoy, que más me vale aceptar el bronce en mi pecho que ver tanta desgracia en mi casa.

Todos quedaron sin habla; pero entonces un pretendiente de nombre Agelao habló así:

—Aqueos, no molestéis más al huésped ni insultéis a los criados de palacio. Y a ti, Telémaco, te quiero dar un consejo: cuando había esperanza de que Ulises volviera, era justo que Penélope quisiera aguardarlo, sin tomar un nuevo marido; pero ahora, sabiendo que nunca más ha de volver, es de ley que obligues a tu madre a que se case de nuevo. Será mejor para ti, pues dispondrás tú solo de toda la hacienda y ella se irá a la casa de otro.

—No soy yo, Agelao —contestó Telémaco—, quien aplaza las bodas; más bien la animo a que se case con quien más le guste. Pero temo hacer que se vaya de casa, si ella no quiere: no iré en contra de sus deseos.

Así habló Telémaco; Atenea animó en los pretendientes una risa sin fin y les nubló el juicio; reían sin saber ellos mismos de qué, con muecas forzadas. Devoraban la carne sudosa de sangre, les lloraban los ojos y del pecho exhalaban suspiros. Los vio entonces Teoclímeno, el adivino huésped de Telémaco, y habló de esta manera:

—¡Desgraciados! ¿Qué mal padecéis? Tenéis los ojos hundidos en la noche, las cabezas y las mismas rodillas; vuestras mejillas corren en llanto. Están las vigas llenas de sangre, y las paredes; el patio y todo el palacio se llenan de fantasmas que descienden hasta el reino de las sombras, el Hades. El sol se ha eclipsado en el cielo, todo lo cubre una niebla funesta.

Los pretendientes se rieron de sus palabras. Uno de ellos, el soberbio Eurímaco, habló de esta manera:

—¡Está loco este hombre que viene de tierras lejanas! Es mejor que lo echemos fuera y que se vaya a la plaza, si le parece que aquí es de noche.

—No quiero tu compañía —contestó Teoclímeno—, ni la de ninguno de vosotros. Tengo ojos y oídos, dos pies y la mente bien clara. Yo solo me voy a la calle, porque la desgracia vuela hacia aquí y no perdonará a los que ahora ocupan la casa de Ulises.

Hablando así, Teoclímeno se fue de palacio. Se burlaban los pretendientes y decían palabras de esta guisa:

—Telémaco, nadie tiene tan mala suerte con los huéspedes como tú. Uno es este mendigo miserable lleno de trapos, bueno para nada; el otro, que acaba de irse, es un loco que nos hace presagios sin sentido. Más te vale meterlos en una nave que se los lleve lejos, que buen dinero nos darán si los vendemos.

Telémaco no contestó a estas injuriosas palabras; miraba solo a su padre, esperando el momento en que él echaría las manos sobre los pretendientes. Mientras, Penélope se había sentado en una silla y escuchaba las palabras de cada uno. Los aqueos acababan ya la comida, cada vez más alegres; pero no habría festín en el mundo más lleno de tristeza que aquel.

XXVIII.
LA PRUEBA DEL ARCO

Inspirada por la diosa Atenea, Penélope se alzó de su asiento y bajó a la bodega de palacio, siempre cerrada con llave, ya que en ella se guardaban los tesoros de Ulises. Abrió la puerta y entró acompañada por dos criadas que alumbraban su camino con antorchas. En medio de los objetos de bronce y oro estaba recostado contra la pared el gran arco de Ulises y, a su lado, la aljaba llena de mordientes saetas. Los tomó Penélope, entre sollozos, y volvió a la gran sala. Sus sirvientas, además, llevaron doce hachas. Se dirigió entonces la reina a los pretendientes con palabras aladas:

—Escuchadme bien, altivos pretendientes, este es el arco de Ulises y con él quiero poneros una prueba. Propongo que aquel de vosotros que consiga curvar este arco y disparar una flecha por el ojo de estas doce hachas, ese será mi marido.

Tras hablar así, ordenó al porquerizo Eumeo que dejara el arco a los pies de los pretendientes; ni él ni el mayoral de las vacas, Filetio, pudieron evitar algunas lágrimas al ver el arma de su señor. Entonces fue Telémaco quien tomó la palabra diciendo:

—Me habrá quitado Zeus el buen juicio, porque mi madre se muestra dispuesta a casarse con otro hombre, y yo me alegro por dentro. Pero ahora querría hacer la prueba del arco antes que nadie, por si soy capaz de manejar las mismas armas que empuñaba mi padre: eso, al menos, algún consuelo me daría.

Se quitó el joven la capa púrpura y la espada que llevaba a los hombros. Plantó luego en el suelo las doce hachas, alineadas en fila, y tomó el arco: tres veces intentó doblar el arco para armar una flecha; tres veces le faltó fuerza para ello. Y quizás lo hubiera logrado de no ser porque Ulises, desde un rincón de la sala, le hizo señas para que desistiera.

—Pobre de mí —se lamentó Telémaco—, soy un flojo, o bien demasiado joven para competir con hombres en plena fortaleza viril. Mejor probad vosotros el arco y acabemos con este certamen cuanto antes.

Se dispuso entonces que los pretendientes participaran según el orden en que estaban sentados, de izquierda a derecha. El primero en levantarse fue un tal Leodes, que tomó el arco y se situó al final de la fila de hachas, al fondo de la sala. Intentó tensar la cuerda del arco con toda su fuerza, pero no consiguió armar la flecha. Cansado, habló finalmente así:

—Amigos, no seré yo quien logre tensar este arco. Que lo prueben los otros, pero parece difícil que alguno lo consiga: sin aliento y sin fuerza dejará a muchos hombres este arco. Si alguien tiene la esperanza de casarse con Penélope, mejor que se busque otra mujer hermosa.

—¿De qué hablas, Leodes? —preguntó indignado Antínoo—. ¿Por qué dices que este arco nos dejará sin respiro? Tus manos inexpertas no han logrado tensarlo, pero entre nosotros hay hombres mucho más fuertes que sabrán armarlo.

Los pretendientes, uno tras otro, trataban de cargar una flecha en la cuerda del arco, pero todos fracasaban, les faltaban fuerzas. Entonces Eumeo, el porquerizo, y Filetio, el mayoral, salieron de la sala para irse; Ulises los siguió, los detuvo en el patio y les habló de esta manera:

—Compañeros, ¿qué haríais si, de repente, Ulises llegara a esta casa? ¿Estaríais con él o buscaríais el favor de los pretendientes? Contestadme sin rodeos según lo que os diga vuestro espíritu.

—¡Padre Zeus, ojalá cumplieras tal deseo! —exclamó Filetio, el mayoral—. Si llegara nuestro señor, vería todo el mundo qué fuerza aguarda en mis manos.

Y juró de forma parecida Eumeo, el buen porquero, pidiendo el regreso de su amo. Así, cuando Ulises estuvo seguro de la fidelidad de ambos, dijo sin más:

—Vuestro señor ya está en casa: soy yo. Tras veinte años de dolor he llegado por fin a la casa paterna. Sois vosotros mis dos únicos siervos que deseaban de verdad mi vuelta al hogar; por ello, si se cumple mi venganza, os aseguro que os buscaré una esposa y os daré una finca, muy cerca de la mía; seréis como mis hijos y hermanos. Mirad ahora la señal por la que me reconoceréis: aquí está la cicatriz de la herida que me trazó en la carne un jabalí, aquella vez que salí de caza por el monte.

Y, tras decir esto, se apartó un harapo y mostró la pierna atravesada por la cicatriz; así, sus siervos, al verla, supieron que aquel mendigo era su señor Ulises. Lo abrazaron llorando, besándole la cabeza, la frente y los hermosos ojos. Ulises se sobrepuso a su emoción y les dijo estas palabras:

—Basta ya de llantos, no sea que alguien salga, nos vea y corra a delatarnos a los demás. Ahora volveremos a la gran sala entrando de uno en uno, primero yo y después vosotros. Sé que ninguno de los pretendientes dejaría que yo tomara el arco; por eso, buen Eumeo, cógelo tú y pónmelo en las manos, junto con las flechas. Luego, ve donde están las mujeres y diles que cierren las puertas que dan al salón; sobre todo, que no las abran, por mucho ruido y griterío que oigan dentro. A ti, noble Filetio, te encargo cerrar las puertas del patio, con llave y cuerdas bien firmes.

Tras hablar así, Ulises volvió al salón y se sentó en un taburete apostado en un rincón; al poco, entraron también sus sirvientes Filetio y Eumeo.

En ese momento, en la sala, Eurímaco, uno de los pretendientes más fuertes, daba vueltas y vueltas al arco, tratando de doblegar la cuerda. Sin aliento y lleno de rabia en el pecho, se lamentaba amargamente de no poder casarse con Penélope y, sobre todo, de la vergüenza que caería sobre él, incapaz de tensar el arco de Ulises.

Entonces Antínoo, viendo la dureza de aquella prueba, tomó la palabra y habló de esta guisa:

—No te lamentes así, Eurímaco. Escuchad, amigos: no habíamos pensado que hoy se celebra la fiesta consagrada al dios Apolo y no conviene que celebremos el certamen en un día como hoy. Mejor será aplazarlo hasta mañana. Le diremos al cabrero Melantio que nos traiga las mejores cabras de su rebaño, ofreceremos al dios los muslos asados y ya retomaremos la prueba; que Apolo, dios flechador, nos dé su favor para pasarla. Dejemos aquí las hachas plantadas y sigamos con el festín, apurando el dulce vino de las copas.

Habló entonces Ulises y pidió que le dejaran intentar la prueba, por ver si sus miembros tenían aún la fuerza de antaño. Se indignaron los pretendientes, protestando ante su atrevimiento, pero la discreta Penélope los interrumpió, diciendo estas palabras:

—No está bien tratar con tanta saña a los huéspedes; dejad que tome el arco y las flechas. ¿Acaso pensáis que, si por ventura este hombre tensara la cuerda, yo me casaría con él? Ni él mismo habría tenido esa idea. Otro premio tendrá si supera la prueba, pues le daré un manto y una bella túnica, y dos hermosas sandalias con que caminar.

Protestaban aún los jóvenes aqueos, pero entonces Telémaco tomó la palabra y habló duras palabras:

—Madre, solo yo puedo prestar este arco o negárselo a alguien, porque es el arma de mi padre divino. Y si me viene en gana permitir que este hombre lo empuñe, nadie podrá impedírmelo. Mejor será que ahora tú te retires a tus salas y dejes este asunto en mis manos y en las de los demás príncipes.

Penélope se admiró de la firmeza de su hijo y se retiró con sus criadas. Entonces Eumeo tomó el arco y se lo llevó a Ulises entre las burlas y amenazas de los pretendientes. Tras poner el arma en manos de su dueño, el porquero salió

de la sala y avisó a Euriclea, la anciana criada; le ordenó cerrar las puertas por fuera y que ninguna sirvienta las abriera por mucho ruido que oyera dentro. Por su parte, el mayoral Filetio atrancó las puertas del patio, como le habían ordenado, y las fijó con una cuerda para que ningún pretendiente pudiera escapar en cuanto su señor empezara el ataque contra ellos.

Ulises tomó entonces su arco. Lo miró y lo sopesó con mucho cuidado. Después lo alzó en el aire: igual que un músico toma la lira y roza sus cuerdas para entonar la música, de esta manera tensó Ulises con suavidad la cuerda de su arco; y al dejarla ir resonó su vibrar por las salas y por todo el palacio, semejante al gorjeo de la golondrina.

Recorrió a los pretendientes un gran pesar y todos cambiaron de color; tronó entonces Zeus desde el cielo, mostrando sus signos a favor de Ulises y que ponía su infinita fuerza al lado de aquel héroe mortal. Armó él una flecha en el arco, apuntó y la disparó con exactitud a través de las doce hachas, sin fallar ninguna.

Y le dijo a Telémaco estas palabras:

—Telémaco, este pobre huésped que has acogido no te deshonra, porque no he fallado ningún blanco, ni me ha costado mucho tensar este arco. Se reían de mí los pretendientes, pero mi vigor no ha menguado. Ya es hora de que piense en otro blanco para las saetas.

Así habló, y Telémaco comprendió: se ciñó la espada cortante, tomó una larga lanza de bronce y fue a ponerse al lado de su padre.

XXIX.
LA MATANZA
DE LOS PRETENDIENTES

Ulises se colocó en el umbral y se quitó los andrajos que le habían servido de disfraz. Empuñó el arco y vació la aljaba de flechas a sus pies. Y, dirigiéndose al grupo de pretendientes, dijo estas palabras aladas:

—Este juego está ya terminado. Ahora voy a buscar otro blanco contra el que nadie ha disparado, por si Apolo me ayuda y lo alcanzo.

Y, tras hablar así, disparó una saeta contra Antínoo, que en ese momento estaba alzando una copa para llevarse el vino a los labios, ajeno a la muerte que ya lo tocaba. Acertó la flecha y le atravesó el cuello por la mitad; Antínoo se dobló hacia un lado y rodó al suelo con todo lo que había encima de la mesa, en un enredo de comida, vino y sangre mezclada.

Gritaron los demás pretendientes y saltaron de sus asientos a buscar las armas que solían colgar de las paredes de la sala, pero no las hallaron, pues las había retirado el mismo Ulises. Insultaban al extranjero y lo amenazaban con la muerte por su acción. Ulises entonces alzó su voz y resonaron sus palabras por la sala:

—¡Perros! Ya os pensabais que no volvería jamás de las costas de Troya. Traíais la ruina a mi palacio, devorabais mi ganado y a mi esposa acosabais, estando yo vivo, sin temor ni respeto a los dioses del cielo. Y ahora la muerte os tiene a todos prisioneros en esta sala.

Tras reconocer a Ulises y oírlo hablar, los pretendientes sintieron un pálido miedo y en seguida buscaron un camino por donde huir de allí. Solo Eurímaco se atrevió a hablar:

—Si de verdad eres Ulises que a tu patria has vuelto, tienes razón en manifestar tu furia por nuestros excesos. Pero aquí yace el culpable de todo, Antínoo. Fue él quien nos condujo a los demás a devorar tus bienes y a abusar de tu casa; mas él ni siquiera quería casarse con Penélope, deseaba solamente ser el rey de Ítaca. Tramaba además la muerte de tu hijo, pero los dioses no lo favorecieron. Con él muerto, a nosotros nos puedes perdonar la vida; recompensaremos el gasto de tu casa, te haremos espléndidos regalos por el daño que hemos causado.

Ulises lo escuchaba con el ceño fruncido y le contestó con duras palabras:

—Podríais, Eurímaco, darme toda vuestra herencia y todavía más y más, que yo no dejaría de mataros hasta el último de vosotros, con tal de vengar vuestra insolencia. Os quedan ahora solo dos extremos: combatir conmigo o tratar de huir, pero creo que pocos evitareis vuestra parte de ruina.

Al oír estas palabras, Eurímaco desenvainó un cuchillo que llevaba en la cintura y se echó sobre Ulises. Pero este armó con presteza otra flecha y la disparó contra el pretendiente; se le clavó la saeta en el hígado y él se retorció cayendo en el suelo, donde sacudió los pies hasta que se lo tragaron las tinieblas de la muerte.

Otro pretendiente blandió una espada y atacó a Ulises, pero Telémaco entonces le hundió la lanza en la espalda. No tuvo tiempo de recuperarla, temiendo que los demás lo atacaran por detrás al intentarlo. Y pasando al lado de su padre, que estaba apostado en el umbral, le anunció que iba a buscar más armas.

—Corre y tráelas antes de que se acaben las flechas —contestó Ulises—, no sea que, al quedarme solo, me saquen los pretendientes de la puerta principal.

Telémaco fue por las armas para su padre, un casco, un escudo y más lanzas; se vistieron también con el bronce los fieles Eumeo y Filetio, y los tres rodearon a Ulises. Cuando se acabaron las flechas, todos empuñaron sus lanzas y las arrojaron contra los pretendientes. Y Eumeo se puso de guardia en un portillo con escalera que daba al pasillo, para que nadie pudiera pasar. Un pretendiente preguntaba si alguien podía forzar aquel paso y correr a la ciudad para pedir ayuda. Le contestó Melantio, el infiel pastor de cabras:

—Por este lado es imposible, porque Ulises y Eumeo están demasiado cerca de la puerta: nos matarían antes de cruzarla. Pero yo sé dónde hay armas y os las traeré.

Y tras hablar así, Melantio trepó hasta los respiraderos de la sala y se arrastró hasta otra habitación; desde allí fue a la bodega, donde estaban los tesoros de Ulises. Tomó armas y las fue llevando hasta los pretendientes: doce cascos, doce escudos y doce lanzas de afilado bronce. Cuando Ulises vio que sus enemigos se estaban armando, se sintió desfallecer.

—¡Telémaco! —le dijo a su hijo—. Alguien nos traiciona, alguna criada o quizás Melantio. ¿De dónde han salido esas armas?

—Padre, creo que ha sido culpa mía —contestó Telémaco—, porque al salir de la sala de los tesoros no cerré la puerta con llave; solamente la dejé ajustada.

Ulises se fijó entonces en que Melantio trepaba otra vez por el hueco del aire para ir a buscar más armas y ordenó a Eumeo y Filetio que lo siguieran y lo capturaran. Salieron los fieles criados por la puerta principal y llegaron antes a la sala del tesoro; cuando Melantio ya estaba entrando, le saltaron encima y lo ataron a una gruesa columna; quedó el cabrero con los pies en el aire. Y le dijo Eumeo, el buen porquerizo:

—Ahora, Melantio, te vas a quedar aquí un rato; aprovecha para acordarte de todas las mañanas que traías las cabras para el festín de los pretendientes y de cómo meneabas la cola entre ellos como un perro faldero.

En la sala, Ulises seguía matando a los pretendientes. Entonces se le unió en la lucha Atenea, bajo la figura del anciano Mentor, antiguo compañero de Ulises; pero el héroe sabía que era la diosa en humano disfraz. Por eso le pidió ayuda en el combate tan duro que estaba librando. Atenea le infundió valor en el pecho y más fuerza en cada músculo del cuerpo: parecía Ulises el mismo dios de la guerra. Eumeo y Filetio volvieron y ocuparon de nuevo su puesto junto al rey y Telémaco.

Entre montones de hombres caídos, solo quedaban en pie seis pretendientes, los más fuertes y valientes. Se encararon contra Ulises y los demás y dispararon todos a la vez sus lanzas picudas, pero la diosa desvió las flechas que traían la muerte, que tan solo rozaron a Telémaco en la mano y a Eumeo en el brazo. Y he aquí que Atenea se mostró en el techo, envuelta en destellos de luz: se espantaron los pretendientes que quedaban y se dispersaron a gritos por la sala. Y en aquel momento, Ulises y los suyos dispararon sus lanzas y acertaron cada uno su blanco: ya no quedaba con vida ningún insolente en palacio. Ulises perdonó únicamente a dos hombres: a Medonte, un heraldo que había cuidado de Telémaco cuando este era pequeño, y a Femio, un cantor que en los banquetes tocaba la lira obligado por los pretendientes.

Al ver Ulises que yacían todos los demás en el suelo del salón como peces palpitantes fuera del agua, mandó que viniera Euriclea. La anciana llegó y quedó admirada al encontrarse a su señor en mitad de los muertos, cubierto de polvo y sangre: parecía un león que acabara de comerse a su presa. Euriclea estalló en un clamor de alegría, pero Ulises la contuvo con severas palabras:

—¡Anciana!, alégrate por dentro pero no grites, porque no está bien mostrarse tan feliz ante este mar de sangre y de hombres caídos: un dios ya ha cumplido su destino. Ahora tráeme a todas aquellas criadas que, en mi ausencia, han sido indignas de Penélope y la han traicionado.

Euriclea quería avisar antes a la reina, que esperaba en su sala, pero Ulises la retuvo, porque antes quería limpiar la casa de muerte. Así que reunió la anciana a las doce criadas traidoras y las puso ante Ulises; él hizo que limpiaran todo el salón y que cargaran con los cuerpos de aquellos con quien antes se juntaban, tan alegres. Mientras Eumeo y Filetio limpiaban el piso de sangre, las criadas sacaron al patio los cadáveres. Finalmente, allí fueron colgadas por el cuello y se escaparon sus almas al Hades. Melantio, el cabrero, fue el último traidor en probar la espada: lo arrastraron hasta fuera y recibió su castigo por parte de Ulises.

Una vez ordenada la casa, Ulises quiso limpiar las salas: prendió un fuego y mandó traer azufre con que fumigar las paredes y los suelos, para que quedaran limpios y sin marcas de suciedad. Hecho esto, Euriclea corrió a avisar al resto de las sirvientas de la noticia; salieron todas de sus dormitorios y se reunieron en torno a Ulises. Lo saludaban, le besaban la frente y los hermosos ojos y le cogían las manos. Y a él le embargó en el pecho un dulce deseo de llanto, pues las miraba y las iba reconociendo a todas.

XXX.
ULISES RECONOCIDO
POR PENÉLOPE

Llena de dicha, la anciana Euriclea corría por los pasillos, riendo sonoramente como una bandada de aves. Subió hasta la cámara de la reina Penélope para decirle que había regresado su amado esposo:

—¡Despierta, Penélope, hija querida! Y verás con tus ojos aquello que día tras día deseabas con tan poca esperanza. Ulises ha vuelto a palacio y ha matado a todos los pretendientes altivos.

—Ama querida —respondió Penélope—, se ve que los dioses eternos te han quitado el juicio y te han llenado la cabeza de niebla. ¿Por qué te ríes de mí, que ya tengo el corazón tan cargado de pena? Si esta burla hubiera venido de cualquier otra sierva, la habría despedido rápidamente de esta casa, con gran enojo. A ti te lo perdono, por amor y respeto a tus años.

—No es ninguna burla, mi querida hija —insistió la vieja Euriclea—: es del todo cierto que Ulises ha vuelto. Es aquel extranjero mendigo que vagaba estos días por la sala. Telémaco lo sabía hace tiempo, pero no dijo nada por consejo de su padre, para tramar mejor la venganza contra los príncipes aqueos.

Al oírlo, Penélope saltó del lecho, llena de alegría. Se abrazó a la anciana llorando y le pidió que contara cómo habían hecho su esposo y su hijo para vencer ellos dos a todos los pretendientes. Y Euriclea le contó que ella nada sabía, pues Ulises había cerrado las puertas y solo había oído el rumor de la matanza. En cambio, sí había visto con sus propios ojos los cuerpos sin vida de los aqueos bañados en sangre. Pero Penélope dudaba aún: temía que hubiera sido algún dios que, molesto por la soberbia y el orgullo de los pretendientes, hubiera bajado a la tierra y los hubiera matado con su fuerza inmortal. Ni siquiera creía lo que decía Euriclea sobre la cicatriz en la pierna del extranjero, la misma que tenía su esposo desde muy joven.

Bajaron entonces las dos mujeres al gran salón. Ulises estaba sentado de espaldas a una columna, sin haberse lavado, envuelto en harapos y lleno de suciedad. Tenía la mirada clavada en el suelo, esperando que Penélope le dirigiera la palabra. Pero ella estaba en silencio, mirándole: a veces le parecía reconocer a su esposo, a veces le hacían dudar su aspecto y los andrajos. Entonces Telémaco habló y le dirigió palabras de enojo:

—Madre, ¿cómo tienes el alma tan dura? ¿Tienes a padre delante de ti y no sabes si acercarte? Ninguna mujer obraría así al ver a su marido de vuelta a casa después de veinte años y penas incontables. Tienes un corazón de piedra.

—Hijo, la sorpresa me ha quitado el habla y me nubla la mente —respondió Penélope—, pero si realmente es Ulises y no un engaño divino, hay señales para reconocerlo: algunos secretos eran solamente nuestros.

El paciente Ulises sonrió y habló a su hijo de esta manera:

—Telémaco, deja que tu madre me ponga sus pruebas. No me reconoce ahora que voy sucio y con tan malos vestidos; no quiere que se diga que un hombre así es su esposo. Nosotros tenemos otras cosas en que pensar, porque hemos matado a los jóvenes más nobles de Ítaca y mañana lo sabrá la ciudad entera.

—Tu consejo, padre —respondió Telémaco—, es el mejor de todos. Cuando haga falta, nosotros estaremos a tu lado y en nada nos faltará coraje.

—Os diré entonces —repuso Ulises— qué me parece mejor de todo: bañaos y poneos ricas túnicas, y que se vistan las criadas con ropas de fiesta. Haced después que el cantor venga con su lira sonora y toque música de bailes: así, la gente de fuera pensará que estamos celebrando una boda. No conviene que corra el rumor de que todos los pretendientes han muerto antes de que Zeus decrete nuestro destino.

Todos hicieron lo que les decía el prudente Ulises. Y desde el exterior de palacio, los que oían la música y el rumor de una fiesta con danzas, creían que por fin la reina había escogido a un nuevo marido entre los pretendientes; mas nadie sabía que estos ya viajaban sin retorno al país de los muertos.

Las mujeres de la casa bañaron a Ulises, lo ungieron con aceite de oliva y lo vistieron con una túnica y un manto brillante de púrpura. Atenea le vertió hermosura en la cabeza:

más alto parecía y más fuerte, y le pendían sobre los hombros los densos cabellos como flor de jacinto. Pero Penélope todavía tenía dudas y no se decidía a reconocerlo. Ulises se llenó de pesar al ver a su esposa tan distante, y pidió que le prepararan un lecho donde dormir, aunque fuera solo y en una sala distinta.

—Ama —le pidió Penélope a Euriclea—, saca fuera de mi habitación la cama que construyó mi marido.

Sus palabras eran una prueba para el huésped. Ulises, al oírla, dijo amargamente estas palabras aladas:

—Mujer, lo que has dicho sí que me duele. ¿Quién ha cambiado de sitio mi cama? No es algo fácil de hacer, a menos que haya sido un dios del Olimpo. Yo mismo monté aquel lecho hace años: crecía un olivo en el patio, tan grueso como una columna, frondoso; levanté en torno a él las cuatro paredes de una cámara, la cubrí con un alto tejado y puse puertas de firme madera. Luego le corté la copa y las ramas y lo pulí. Lo fui vaciando desde la raíz hasta el tronco y modelé encima la cama: por fin lo cubrí todo con incrustaciones de oro, plata y marfil. Así lo hice yo, pero no sé si algún hombre lo ha movido de sitio cortándole el tronco por donde se unía a la tierra.

Entonces se le quebró el corazón a Penélope; se le doblaron las rodillas y brotó su llanto. Temblando, corrió al abrazo de su marido, al que besaba la cara diciendo:

—¡No te enfades conmigo, Ulises! Los dioses no han querido que tú y yo compartiéramos la flor de la vida joven, sino que solo nos veamos ahora, casi en la vejez: mas ahora estamos juntos y nada debe oscurecer la alegría. No me tengas rencor porque no te abrazara nada más verte, porque todos estos años tenía gran miedo de que cualquier hombre me engañara bajo algún disfraz. Pero con las señales que me has dado de nuestro lecho, conocidas solo por nosotros dos, mi corazón ya te ha visto entero y sabe que eres tú mi esposo amado.

Y Ulises dejó, por fin, correr el llanto desatado por sus rosadas mejillas y estrechaba contra su pecho a su mujer Penélope: tan dulce como se muestra la tierra al náufrago que ha perdido su nave por la furia de Poseidón y nada a fuerza de brazos, desesperado, medio muerto, hasta la orilla y al fin llega, así de dulce le parecía Ulises a su esposa; y no retiraba sus cándidos brazos de su cuello.

Y así, llorando, los habría sorprendido la Aurora, de no ser porque lo pensó de otro modo la diosa Atenea: retuvo larga la noche en su término y frenó a la Aurora en su trono de oro cuando surgía ya por el confín del océano; y así quedaron enlazados luz y oscuridad durante largo rato.

Entonces habló el divino Ulises a su mujer con estas palabras:

—No hemos llegado aún al término de nuestras penas, pues queda por afrontar un último peligro. Pero vayamos a la cama, que bien nos merecemos un largo reposo.

Penélope quiso saber qué último trabajo quedaba pendiente, y Ulises le contó la profecía que el adivino Tiresias le había hecho en el Hades, el reino de las sombras: al día siguiente de la matanza tendría que enfrentarse con las familias de los pretendientes, que querrían venganza por las muertes. Y él las combatiría hasta que un dios le dijera lo contrario. Solo entonces podría, al fin, descansar en Ítaca, su ciudad natal, entre los suyos, hasta que le llegara una muerte tranquila en la vejez.

Mientras así conversaban, la anciana Euriclea les había preparado la cama, con las más suaves sábanas y las mantas más esponjosas. Y allí, marido y mujer se acostaron y reencontraron felices el lecho de antaño y su pacto.

XXXI.
LAS PACES

Tras veinte años sin noches junto a su esposa, se levantó Ulises aquella primera mañana lleno de vigor. Le recomendó a Penélope que no saliera de casa hasta que él volviera: quería ir a ver a su padre Laertes, que desde hacía tiempo vivía en soledad en un caserío en la montaña. Lo acompañaron en el camino Telémaco, el porquero Eumeo y el mayoral Filetio, todos vestidos en bronce y armados de lanzas.

Tras un largo recorrido, llegaron al caserío de Laertes, pero no había en el lugar más que esclavos labriegos que trabajaban la tierra. Telémaco y los otros dos se quedaron en la casa, almorzando; Ulises dejó las armas y se fue a buscar a su padre. Lo halló campo adentro, plantando una vid. Vestía una túnica vieja, mal zurcida, y llevaba los brazos y las piernas envueltos en cuero, para protegerse de los espinos. Se cubría el cuerpo con un pellejo de cabra. Le dolió a Ulises hallar de esta guisa a su padre, y no supo si correr hasta él para abrazarlo sin más.

Mas al final fue cauto y se le acercó, haciéndose pasar por extranjero. Le preguntó de quién era la tierra que labraba y quién era el rey de aquel país; a ambas cosas respondió el anciano con el nombre de Ulises, su hijo perdido hacía tanto tiempo. Y recordándolo, empezó a llorar Laertes amargas lágrimas; se curvaba dolido y las rodillas casi le tocaban el suelo. Entonces Ulises se olvidó de su prudencia y le habló, conmovido, con estas palabras:

—¡Padre mío, yo soy tu hijo! Tras veinte años he vuelto a mi tierra. Y no llores más, pues has de saber que ya he dado muerte a los pretendientes que asediaban mi hogar.

—¿Eres tú mi Ulises? —interrogó el anciano Laertes—. Si es así, quiero que me des una prueba clara de ello.

—Mira, en primer lugar —le dijo Ulises—, esta señal en mi pierna: es la cicatriz que me hizo aquel jabalí cuando, siendo muy joven, yo intentaba cazarlo por las montañas. Pero si esta prueba no es suficiente, atiende: te puedo nombrar todos los árboles que hay plantados en esta huerta. Cuando era muy pequeño, yo caminaba contigo por aquí y te hacía mil preguntas sobre cada cosa; tú me señalabas cada árbol y me ibas diciendo sus nombres: diez manzanos y trece perales había, cuatro decenas de higueras; vides, casi cincuenta y, a su vez, cada una daba incontables racimos de uvas de púrpura, cuando era favorable el cielo de Zeus.

Entonces se le quebró el corazón a Laertes y le flaquearon las rodillas; con los brazos tendidos a su hijo caminó, aturdido por el desmayo, y Ulises lo cogió antes de que cayera. Se hundió el anciano en sus brazos y perdió las fuerzas.

Al recuperar el aliento, miró con ternura a su hijo y dio gracias a los dioses del Olimpo por permitir su regreso. Luego se preocupó por la nueva amenaza que planeaba sobre

Ulises, porque las familias de los pretendientes pedirían venganza.

—Nada más temas, querido padre —le contestó Ulises—, que ya hemos pensado en eso. Vamos a tu caserío, donde nos espera con el almuerzo mi hijo Telémaco, en compañía de nuestros sirvientes.

Llegaron a la casa y la única sirvienta de Laertes lo bañó y lo ungió después con aceite. Y Atenea le vertió nueva fuerza en los miembros, y más alto y fornido parecía. Cuando Ulises lo vio salido del baño, se admiró de su nuevo aspecto y entendió que la diosa lo había cambiado. Se juntaron todos entonces y comieron, acompañando los platos con un vino de fuego.

Mientras tanto, por toda Ítaca y sus alrededores había corrido la terrible noticia de la matanza de los pretendientes, que habían caído a manos de Ulises y su hijo Telémaco. Tuvieron que cargar los familiares con los cuerpos de sus hijos y sacarlos del montón de cadáveres que yacían en el patio del palacio; incluso llegaron aquella mañana las familias de los que vivían en las islas vecinas a Ítaca, para llevarse a los aqueos.

A mediodía, se había reunido una gran multitud en la plaza de la ciudad, llena de griteríos. El primero en hablar fue Eupites, padre de Antínoo, agitando con inflamadas palabras a todos aquellos que habían perdido a un hijo por culpa de Ulises. Quería armar un ejército y asediar el palacio, para que el rey no pudiera huir a buscar refugio a otras ciudades. Se conmovían todos al escuchar las palabras de Eupites, y querían seguirlo.

Ocurrió entonces que aparecieron en la plaza el heraldo Medonte y Femio, el cantor: ambos habían presenciado la matanza de los pretendientes; ambos habían sido perdonados por Ulises. Al ver la furia y la agitación de la multitud, habló Medonte de esta guisa:

—¡Deteneos, deteneos! Sed prudentes, habitantes de Ítaca. Ulises no ha urdido su venganza sin ayuda de algún inmortal del Olimpo: en mitad de la lucha, apareció un dios en la sala, brillando como un astro, espantando a los pretendientes. Y combatía a favor de Ulises.

Aquella gente sintió un gran miedo. Tomó la palabra el viejo Haliterses Mastórida, que en la última asamblea había tratado de ayudar a Telémaco, y habló así:

—Escuchadme, aqueos, aunque os disgusten mis palabras. De todo lo ocurrido en el palacio de Ulises, solo vosotros tenéis la culpa. Si hubieseis reprimido el desenfreno de vuestros hijos y no hubierais consentido sus excesos y su insolencia, todavía los tendríais a vuestro lado. Hacedme caso: que nadie vaya contra Ulises, no os busquéis la desgracia.

La mayoría aprobó sus palabras, pues sabían que un dios lo inspiraba, y muchos se retiraron de la plaza. Quedaron solo unos pocos allí, guiados por Eupites, el padre de Antínoo, que no atendían a razones y buscaban solo la venganza. Se armaron y se encaminaron al palacio de Ulises, para tratar de matarlo.

Pero él estaba ya de regreso en su casa, preparando el combate. Había puesto a un criado vigilando al final de la calle que conducía a su patio. Y cuando advirtió el vigía que se acercaba el pequeño grupo de hombres armados, corrió a dar el aviso. Ulises se vistió otra vez el bronce brillante y empuñó dos lanzas enormes. Se armaron también los suyos, Laertes, Eumeo el porquero y el mayoral Filetio. Y parecía Laertes como rejuvenecido, con aquel vigor antiguo que ahora quería correr de nuevo por sus brazos; bien vestido con el casco, el escudo y las lanzas, esperaba como una roca la llegada de los airados enemigos. Entonces Ulises, dirigiéndose a su hijo, le dijo estas aladas palabras:

—Querido hijo, ahora tomas tu lugar con los guerreros de antiguo linaje. De ti esperamos que no te rindas y que honres a nuestra familia entera.

—Tú mismo verás, padre, cuál es mi valentía y que seré digno de mi sangre real, que es la tuya también —respondió Telémaco.

Y el viejo Laertes, al oírlos y verlos hablar de esta manera, exclamó:

—¡A los dioses doy gracias por este día, porque me permiten ver que mi hijo y mi nieto disputan por ver quién es más valiente!

Estaban ya a la vista Eutipes y los suyos, que corrían calle arriba con las armas en alto. Y Laertes, inspirado por Atenea, fue el primero en arrojar su lanza con gran impulso: le acertó a Eutipes en el pecho. Cayó este con gran estruendo y mordió el polvo; voló su alma junto a la de su hijo en el Hades.

Entonces Ulises y Telémaco se arrojaron contra los restantes enemigos y los golpearon sin descanso con lanzas y espadas. A ninguno hubieran dejado con vida, de no ser porque Atenea, por consejo de su padre Zeus, hizo oír su voz en el cielo para detener el combate:

—¡Que cese esta guerra, itaqueses! Retiraos de aquí sin que se derrame más sangre.

Los guerreros, al oír la voz de la diosa, cambiaron de color presos del miedo y abandonaron las armas corriendo hacia la ciudad para salvar su vida. Ulises se les echaba encima igual que un águila ataca desde las alturas; pero entonces cayó un terrible rayo, aun estando el cielo sereno: lo enviaba el padre Zeus, soberano del mundo. Y Atenea habló así a su protegido:

—Ulises, hijo de Laertes, detén tu furia contra la gente de tu país, no se vaya a irritar contigo mi padre Zeus, que de lejos nos mira.

Ulises obedeció las palabras de la diosa de ojos lucientes y frenó su ataque. Y la misma Atenea, más tarde, estableció entre unos y otros la alianza de una paz justa y duradera, tomando la forma de Mentor, su voz y su figura.

CUADERNO DOCUMENTAL
HOMERO Y LA ODISEA

GRECIA
siglos oscuros

Resulta difícil situar en el tiempo tanto al poeta que comúnmente llamamos Homero como las dos obras mayores que se le atribuyen, la *Ilíada* y la *Odisea*. La fecha en general más aceptada que se fija para la composición de las obras es el siglo VIII aC. Sin embargo, el mundo reflejado en los poemas no corresponde a ninguna civilización ni a un momento histórico concreto, sino a una mezcla de elementos de distintas épocas. Así, los expertos detectan algunos rasgos imprecisos de la cultura micénica (siglos XX-XII aC), un número significativo de características procedentes

Áyax con el cadáver de Aquiles. Detalle del Vaso François (ca. 570 aC).

de la llamada Edad Oscura de Grecia (siglos XIII-IX aC), y aún otros elementos más recientes, propios del siglo VIII aC.

Con mayor probabilidad, el mundo de Homero refleja, a grandes rasgos, los conflictos y las esperanzas de la floreciente ciudad arcaica, que luego acabaría siendo la *polis* de la época clásica de Sócrates y Platón.

Homero canta, en sus poemas, la Edad de los Héroes o, para ser más precisos, canta el imaginario heroico que los griegos tenían en el siglo VIII aC.

Algunos estudiosos, en su furor de dar con una fecha exacta para la *Odisea*, han querido ver referencias astronómicas fiables en ciertos pasajes. Así, la visión de Teoclímeno al final del canto XX haría referencia a un eclipse ocurrido en abril de 1178 aC: «Tenéis los ojos hundidos en la noche, las cabezas y las mismas rodillas (...); el patio y todo el palacio se llenan de fantasmas que descienden hasta el reino de las sombras, el Hades. El sol se ha eclipsado en el cielo, todo lo cubre una niebla funesta.»

El maestro desconocido

Homero es el nombre que usamos para referirnos al hipotético autor único de los dos grandes poemas épicos que fundan el canon de la literatura occidental, la *Ilíada* y la *Odisea*, al cual se le atribuyen también una serie de poemas menores. Lo cierto es que se sabe muy poco de este posible autor, que en ningún caso sería un poeta en los términos que entedemos hoy, sino un cantor o aedo, que compondría, para recitar en público, poemas sobre leyendas y mitos griegos que los oyentes ya conocían.

Actualmente, no existe un consenso sobre la figura de Homero. Por un lado, hay quien sostiene que ambos poemas son producto de siglos de evolución y transmisión oral, y que es imposible remitirlos a un solo autor; habría que pensar más bien en un conjunto de cantores de diferentes épocas que habrían compuesto la *Ilíada* y la *Odisea* hasta que estas alcanzaron una forma definida y fueron fijadas por escrito alrededor del siglo VI aC. Por otro lado, hay quien considera poco probable que no exista un autor concreto y real detrás de dos poemas de tal envergadura: sería imposible que fueran resultado del azar o de una composición colectiva y prácticamente inconsciente. Esta polémica, que abarca siglos y estudiosos de todas clases, es conocida como la «cuestión homérica».

Curiosamente, los griegos nunca se cuestionaron la existencia de Homero, aunque tampoco pudieron ponerse de acuerdo en su procedencia, cronología o muerte.

El oficio de cantor

La cristalización de la *Ilíada* y la *Odisea* en dos obras fijas que la tradición transmite por escrito formó parte de un complejo proceso que duró siglos. El origen de estos poemas épicos es oral. Los primeros cantores o **aedos** debían formar parte de la corte de un aristócrata, e improvisaban cantos sobre temas que su auditorio les pedía. Sus cantos estaban siempre inspirados por las Musas, y ellos solo cumplían la función de intermediario con el público: a través de su voz se manifestaba la Verdad, que provenía de los dioses. El aedo se mantenía siempre en una situación de humildad ante el poder revelador de las Musas, y no se consideraba el inventor de las leyendas que cantaba, sino meramente el mensajero. Estos cantos se expresaban mediante el **hexámetro**, verso de seis pies que se apoyaba en la duración de la pronunciación de las vocales.

Francesco Hayez. *Ulises en la corte de Alcínoo* (1814).

Los estudiosos modernos consideran que con el paso del tiempo y con la introducción de la escritura, los cantores dejaron de improvisar y empezaron a recitar usando como base textos ya establecidos. El término **rapsoda** designa a este tipo de poeta que no compone cantos originales atribuidos a las Musas, sino que reconoce la autoría de otro cantor a quien incluso cita.

A lo largo de la *Ilíada* y la *Odisea* aparecen varios personajes cuyo oficio es el de cantor o aedo. Se ha querido ver en ellos una forma secreta de autorretrato por parte de Homero, como si estos personajes lo representaran a él y a los de su gremio. Encontramos el ejemplo más insigne en la figura de Demódoco, el cantor de la corte de los feacios, que hace su aparición en el libro VIII de la *Odisea*. La Musa le otorgó el don del canto pero también la pena de la ceguera. De él, dice el mismo Ulises (IX, vv. 3-4): «Cierto, es algo hermoso escuchar a un cantor, como lo es este vuestro, que por la voz parece un dios.» En una de las escenas más conmovedoras del poema, Ulises, llevando un disfraz, le pide a este aedo que cante sobre Troya; Demódoco lo hace sin saber que tiene ante él uno de los pocos héroes supervivientes de aquella guerra. Ulises entonces rompe en lágrimas al escuchar su propia historia y revela así su verdadera indentidad.

Las vidas de Homero

Son varios los textos antiguos que recogen datos biográficos sobre Homero, todos fundados sobre leyendas que no tienen que ver con una verdad, sino con la forma que la tradición antigua tenía de concebir a su primer poeta.

Varias fuentes lo hacen descendiente lejano de Orfeo, el mítico cantor que era capaz de conmover a las piedras y a las mismas divinades del infierno. Su patria podría ser Quíos, Cumas o Esmirna. Muchas leyendas lo hacen ciego, y lo presentan como un poeta pobre que vagaba por el mundo ganándose la vida con su canto. También habría podido ser maestro de escuela o marinero. La tradición está al menos de acuerdo en que murió en la pequeña isla de Ios, aunque no en la manera de morir.

Pier Francesco Mola. *Homero dicta sus poemas* (ca. 1660).

Un ciego de Quíos

Una de las obras atribuidas a Homero, los *Himnos homéricos*, contiene una referencia a un poeta ciego que el historiador griego Tucídides (s. IV aC) identificó con Homero. He aquí el pasaje (*Himno a Apolo*, vv. 169-173):
[Si os preguntan] «Muchachas, ¿quién es, para vosotras, el más dulce de los cantores
que van de un sitio a otro, aquel que os agrada más?»
Vosotras, todas a la vez, inopinadamente contestadle:
«Hay un hombre ciego, vive en la escarpada Quíos.
Sus cantos serán considerados, para siempre, los mejores.»

Un nombre para el Poeta

Gran parte del misterio que rodea a la figura de Homero proviene de su nombre. A la dificultad, o quizás imposibilidad, de aso- ciar este nombre con una persona concreta, cabe añadir otro obstáculo: la tradición antigua sostiene que «Homero» no fue el nombre real del poeta, sino un sobrenombre que hacía referencia a un rasgo físico o un hecho de su vida.

Jean Auguste Ingres. *La apoteosis de Homero* (1827).

Existen diferentes versiones acerca del significado de la palabra griega *homérous*. Una posible acepción es «ciego». El Poeta se habría ganado ese sobrenombre después de hacerse famoso en la ciudad de Cumas. Otra es «rehén», y haría referencia al papel de Homero como rehén o pren- da de garantía durante una guerra de contendientes inde- terminados. Un estudioso moderno propone el significado de «el Compañero»: Homero sería el representante de su cofradía de poetas, el que los acompañaba a las asambleas con otros grupos de aedos.

Curiosamente, existía más consenso acerca del nombre ver- dadero del Poeta: Homero se llamaría en origen Melesígenes, que en mal griego significa «nacido cerca del río Meles».

UN ORÁCULO

Se dice que el emperador romano Adriano (s. II), interesado por la figura de Homero, inquirió a la Pitia de Delfos sobre sus orígenes. Esta fue la respuesta:

«¿Me preguntas por la raza oscura y el país de la celestial sirena? Ítaca es su tierra, Telémaco su padre, y Epicasta, la hija de Néstor, la madre que le dio a luz, un hombre de lejos el más sabio de los mortales.»

En la leyenda de este oráculo puede verse el intento de adecuar la vida del autor a sus obras: Ítaca es la patria de Ulises y Telémaco es su hijo, mientras que Néstor es un personaje que excede en la *Odisea* por sus nobles cualidades.

El Certamen de Homero y Hesíodo

Una de las leyendas más célebres es aquella que reúne a Homero con el otro gran poeta griego de la antigüedad, Hesíodo, en un certamen o αγων poético. Ambos habrían coincidido en la ciudad de Calcis, y habrían competido en maestría e improvisación poéticas por el premio de un trípode de bronce.

En cada fase del certamen, Homero se muestra superior a Hesíodo, y logra componer los versos más bellos. El público lo aplaude como vencedor. El juez del certamen, el rey Paneides, propone una última prueba y pide a cada poeta que recite los mejores pasajes de sus propios poemas. Homero recita un pasaje de guerra de la *Ilíada*; Hesíodo, unos versos didácticos de *Trabajos y días*, en los que explica cuándo es el mejor tiempo de la siembra. Se dice que entonces el rey otorgó la victoria a Hesíodo, puesto que sus versos eran útiles y correctos, mientras que los de Homero cantaban la guerra y la destrucción de los hombres.

Hesíodo es el otro poeta insigne de la Grecia arcaica. Conocemos bastantes detalles sobre su vida, aunque la veracidad de estos es discutible, puesto que han sido extraídos de las obras del poeta. Se calcula que vivió entre los siglos VIII y VII aC. Sus obras principales son dos: la *Teogonía*, en la que canta el origen del cosmos y las vastas geneaologías de los dioses; y *Trabajos y días*, un poema didáctico sobre fechas señaladas en el calendario, la astronomía y la agricultura.

El acertijo

El *Certamen* contiene también la narración de la muerte de Homero. En la isla de Íos, estaba el poeta sentado sobre unas rocas y, al ver a unos muchachos que regresaban de pescar en un bote, les preguntó si habían cogido algo. Ellos le respondieron con un acertijo: «Todo lo que hemos atrapado, lo hemos dejado; llevamos encima todo lo que no hemos atrapado.» Homero, el hombre más sabio de los griegos, fue incapaz de entender esas palabras. Sintió que su momento había llegado y compuso su propio epitafio. Al levantarse de las rocas, resbaló y cayó. Según otras versiones, murió directamente al verse vencido por una broma tan trivial. Los chicos se referían al hecho de que no habían pescado nada y que, para pasar el rato, habían estado despiojándose: los piojos que habían cogido, los habían tirado, y los que no, aún los llevaban encima.

LOS POEMAS HOMÉRICOS

Bajo el nombre de «Homero» se recogen un número de poemas de diferentes estilos y épocas, así como varias obras perdidas de las que solo ha llegado el título. Por cronología, las únicas obras supervivientes que pueden ser atribuidas a un mismo poeta, llamado Homero o no, son la *Ilíada* y la *Odisea*.

LA *ILÍADA*

«La cólera canta, Diosa, del Pélida Aquiles...» He aquí el primer verso de la *Ilíada*, que presenta el tema central de este poema bélico, es decir, la cólera del mejor guerrero de los aqueos y sus consecuencias. El argumento general que sirve de telón de fondo es la guerra de Troya, es decir, el asedio que el ejército aqueo (término en la obra para «griego») levanta contra la ciudad de Troya, y los sucesivos combates entre los guerreros más notables de uno y otro bando.

Jean Tassel (1608-1667).
El rapto de Helena (de Troya).

El origen mítico de esta guerra, según se sabe, había sido el rapto de una mujer, la más bella de la Tierra: **Helena**, a quien Paris se había llevado a Troya tras arrebatársela a su marido legítimo, Menelao. La *Ilíada* (cuyo nombre proviene de *Ilión*, «Troya» en griego) describe los últimos momentos de una guerra que dura diez años. Al inicio de la obra, **Aquiles** ha decidido retirarse del combate porque el general de sus propias tropas, Agamenón, lo ha ofendido al apropiarse de una joven troyana que era parte de su botín de guerra. La ausencia de Aquiles en el campo de batalla da ventaja al ejército de la ciudad, capitaneado por **Héctor**, el mejor guerrero troyano. Los aqueos están al borde de la derrota, y hasta que Héctor no mata al escudero de Aquiles, Patroclo, no cambian las tornas: Aquiles decide volver al combate para vengar a su amigo. Su sangriento enfrentamiento con Héctor es el clímax de la obra.

La *Ilíada* es un canto a las hazañas eternas de los héroes míticos de una Grecia ya remota incluso en el momento de composición del poema. La idea que obsesiona y mueve tanto a Aquiles como a Héctor es la *kléos*, la gloria que dura en la memoria de los hombres y que convierte al guerrero en un ser inmortal.

HIMNOS HOMÉRICOS

Esta obra está compuesta por 33 poemas breves dedicados a diferentes dioses y divinidades menores (a Deméter, a Apolo, a Pan, a los Dióscuros, etc.). La denominación «homéricos» no significa que su autor sea Homero (como algunos autores antiguos ya discutieron), sino que formalmente están emparentados con el género épico, puesto que están escritos en hexámetros. Los *Himnos* son de hecho una colección de poemas de diferentes épocas: hay algunos que se remontan al siglo VII aC, pero los hay mucho más recientes, compuestos ya después de Cristo.

Estos poemas servían de proemio o introducción a una recitación épica más extensa, y parece que se recitaban durante fiestas señaladas. La estructura de los himnos suele ser similar: primero se invoca brevemente a la divinidad que se

Apolo vence a Pitón (fresco romano). Casa de los Vettii de Pompeya (s. I).

va a cantar, luego se explica con detalle los mitos asociados a ella, y se concluye con la despedida del poeta, que se encomienda a dicha divinidad o a las Musas.

BATRACOMIOMACHIA

Este poema de 303 hexámetros narra la guerra entre ratones y ranas, tal y como indica el título (*bátrachos*, rana; *mys*, ratón; y *máche*, batalla). Su fecha probable de composición está entre los siglos II y I aC. Está escrito en un tono paródico que imita la grandilocuencia épica de las batallas de la *Ilíada*.

Todo empieza con la muerte de un ratón a causa de la cobardía del rey de las ranas. Se declara la guerra entre especies, y la batalla es terriblemente violenta. Los batracios y los roedores se comportan como héroes épicos. Al final, Zeus debe intervenir enviando un ejército de cangrejos para que acabe con el enfrentamiento.

Troya y la arqueología

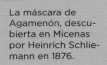

Los griegos de la antigüedad, que no ponían en duda la existencia de Homero, no concebían tampoco que la guerra de Troya fuera solamente una leyenda, o que sus protagonistas (Aquiles, Agamenón, Ulises) no hubieran sido personajes de una realidad histórica. La opinión de los estudiosos, sobre todo a partir del siglo XIX, era mucho más escéptica, ya que se basaba en investigaciones científicas, y ni la arqueología ni la historia habían proporcionado pruebas materiales sobre la guerra de Troya.

La máscara de Agamenón, descubierta en Micenas por Heinrich Schliemann en 1876.

Heinrich Schliemann (1822-1890) fue un hombre de negocios y arqueólogo diletante que creyó firmemente en que los dos grandes poemas homéricos (y sobre todo la *Ilíada*) narraban hechos verídicos. Sus excavaciones en Troya y en la cercana colina de Hisarlik (ambas en Turquía) en 1868 junto con el arqueólogo inglés Frank Calvert dieron como resultado el descubrimiento de diferentes estratos arqueológicos que pertenecían a distintas épocas. Schliemann identificó el estrato llamado «Troya II» con la Troya homérica, puesto que allí fue donde encontró las ruinas más significativas, además de algunos objetos de oro que él mismo bautizó como «el tesoro de Príamo». En 1876 realizó otras excavaciones en Micenas, cerca de Atenas, donde descubrió tumbas reales y máscaras de oro, entre las cuales está la famosa «máscara de Agamenón». Durante años mantuvo que estas excavaciones confirmaban la historicidad de los poemas homéricos. Sin embargo, ya en 1880 tuvo que admitir que Troya II no podía ser la ciudad de los poemas homéricos, porque los restos de la civilización que él había excavado eran mucho más antiguos. Sus hallazgos fueron igualmente importantes: casi sin querer, Schliemann había descubierto la Grecia del segundo milenio antes de Cristo, una civilización cuya existencia pocos estudiosos habían intuido.

HOMERO
Y LA TRAGEDIA GRIEGA

Homero (o el poeta desconocido que nombramos con ese nombre) es considerado el padre de la literatura griega, tanto a un nivel simbólico como literal: no solo es la fuente y el origen de la poesía, sino que además proporcionó los personajes y argumentos que siglos más tarde fueron desarrollados en el teatro. Los tres grandes trágicos (Esquilo, Sófocles y Eurípides) le deben la inspiración para muchas de sus obras, aunque cada uno profundizara en los argumentos de forma distinta. Se dice incluso que Esquilo afirmaba que sus obras eran solo «rebanadas del gran festín de Homero». Estas son algunas de las tragedias que beben de la épica homérica.

Agamenón, de Esquilo

Esta tragedia narra la vuelta a casa de uno de los héroes de la guerra de Troya, Agamenón. Le espera su mujer Clitemnestra, que finge acogerlo con todos los honores, pero que en realidad ha preparado su muerte, con la ayuda de su amante Egisto. La adivina troyana Casandra, botín de guerra de Agamenón, prevee el final del rey y el suyo mismo, pero es incapaz de hacerse entender. *Agamenón* es la primera obra de la única trilogía conservada de la tragedia griega, la *Orestía*.

Casandra vaticina ante Príamo.

Áyax, de Sófocles

La obra se sitúa poco después de los acontecimientos de la *Ilíada*. Aquiles ha muerto, y su armadura es otorgada a Ulises. El guerrero Áyax el Grande, furioso porque creía merecerla, siente que se le ha hecho un agravio imperdonable. Enloquecido, masacra un hato de reses pensando, por hechizo de Atenea, que está matando a los generales griegos. Cuando se da cuenta del error, la vergüenza es tan grande que no se ve capaz de seguir viviendo.

Áyax se enfrenta a Casandra al pie de la estatua de Atenea. Colección de vasijas griegas del conde de Lamberg (París, 1813-24).

Hécuba. Andrómaca. Las troyanas

Eurípides es el autor de estas tres tragedias cuyas protagonistas son las mujeres de los héroes troyanos caídos en
la guerra.

La primera se centra en Hécuba, la reina de Troya, y en
sus sufrimientos poco después de la toma de la ciudad: su
hija es sacrificada por los griegos y su único hijo varón ha
sido asesinado en Tracia, donde ella lo creía a salvo.

En *Andrómaca*, la protagonista es la mujer de Héctor,
que ahora vive como concubina del hijo de Aquiles,
Neoptólemo, bajo la amenaza constante de la esposa
legítima de este.

Las troyanas, la tercera parte de una trilogía no
conservada, explica el destino de varias mujeres troyanas después de que los griegos hayan ganado la guerra.
Astianacte, el hijo de Héctor, es también un desgraciado
protagonista de la obra.

Pierre-Michel Alix.
Andrómaca (ca. 1790).

VIRGILIO, EL HOMERO LATINO

La influencia de los poemas homéricos traspasó siglos y siglos, hasta
tal punto que aún hoy conserva su fuerza en la educación y la literatura.
Los imitadores de Homero han sido muchos, pero solo el poeta latino
Virgilio (70-19 aC) logró una obra, la *Eneida*, capaz de equipararse a las
de su antecesor griego. Este poema épico escrito en hexámetros latinos
se divide en dos partes, de seis cantos cada una. En la primera, se narran
los viajes erráticos por mar del héroe troyano **Eneas**, que ha huido del
incendio de Troya con su padre y su hijo en busca de un nuevo hogar. En
la segunda parte, se explican las dificultades que
Eneas afronta cuando intenta instalarse con su
pueblo en la región italiana del Lacio, donde
debe guerrear con los pueblos nativos por
un lugar donde establecerse. La ciudad
que Eneas acabará fundando será Roma.
La asimilación de los poemas homéricos es
total, ya que la primera parte de la *Eneida*
sigue el modelo de la *Odisea* y de los
naufragios de Ulises; la segunda, en cambio,
se refleja en la *Ilíada* y sus escenas épicas de
guerra. A pesar de estas similitudes, la obra de
Virgilio es original y acabó ganando su lugar en
la literatura por méritos propios.

El mundo de la *Odisea*

La *Odisea* es un poema épico con una extensión de veinticuatro cantos y 12.007 hexámetros que narra el viaje del rey y guerrero griego Odiseo (más conocido por su nombre latino, Ulises) desde su partida de las costas de Troya hasta alcanzar su patria, la isla de Ítaca, veinte años después. En su palacio, lo esperan su fiel esposa Penélope y su hijo Telémaco, quien no pierde la esperanza de ver regresar a su padre. La diosa Atenea es la protectora de Ulises; Poseidón busca sólo su ruina.

Los episodios de este largo viaje eran ya conocidos para el público de Homero, y muchos elementos deben de pertenecer a tradiciones muy anteriores, ya presentes en las épicas de otros pueblos, como Mesopotamia y su *Poema de Gilgamesh*.

En la obra original, los contenidos no están organizados cronológicamente. El poema empieza *in medias res*, es decir, en mitad de la trama. En los primeros cantos, Telémaco sale de Ítaca en busca de noticias de su padre Ulises, mientras este llora en la isla de la ninfa Calipso. En el canto V la atención regresa al héroe, pero hasta el canto IX no se narran sus viajes por mar; curiosamente, es el propio Ulises quien explica, mediante *flashbacks*, sus travesías y sus encuentros con monstruos y dioses. A partir del canto XIII, la acción se centra en la venganza de Ulises contra los pretendientes que ultrajaban su palacio. El hecho de que Ulises sea el narrador de las escenas más fantásticas de la *Odisea* no es casual. Su narración en primera persona, por un lado, añade vigor a lo contado y, por otro, ayuda a trazar una línea entre el mundo de lo real y el de lo fantástico. En varias ocasiones vemos que Ulises es un experto urdidor de historias, cosa que no equivale a ser un mentiroso: su imaginación, una constante del poema, lo eleva a la categoría casi de poeta, de creador. Así, las escenas que pertenecen más claramente al mundo de lo real, es decir, a Ítaca, son explicadas en tercera persona. En la *Odisea*, Homero explica una historia (el poema) cuyo protagonista (Ulises) explica una historia (sus viajes) cuyo protagonista es y no es él: a veces es un mendigo errante, a veces un náufrago de Creta y otras, solamente Nadie.

Arriba: Odilon Redon. *El cíclope* (1898-1900).

Ulises: la astucia, la perseverancia

Ulises es el héroe del ingenio. Aunque su fuerza y su destreza en la guerra puedan equipararse a las de sus compañeros Aquiles y Áyax, sus características más notables son la reflexión y la astucia. Gracias a estas cualidades, esquiva la muerte varias veces durante el viaje

Giuseppe Bottani (1717-1784). *La diosa Atenea disfraza a Ulises de mendigo.*

y engaña a todos cuando vuelve a su hogar, ocultando su identidad ante los pretendientes para así sorprenderlos antes del embate final. Otra constante que resulta vital para este personaje es la perseverancia. Ulises no deja de repetir a los compañeros, a los dioses y a sí mismo que la luz que guía sus pasos por el mar es el regreso, la nostalgia (en griego, 'dolor por el retorno'); volver a su patria es casi un deber moral para él porque, aparte del deseo de ver a los suyos, está sobre todo la obligación de hacerse cargo de su hacienda como rey, y expulsar a aquellos que se aprovechan de su ausencia para medrar los bienes de su palacio. De ahí que, en la isla de los lotófagos, Ulises fuerce a sus compañeros a volver a la nave, aunque ellos no recuerden nada por hechizo del fruto del loto, y prefieran quedarse en la isla comiendo en paz. Ulises rechaza incluso la inmortalidad que le ofrece la ninfa Calipso en su gruta; en el corazón de este héroe pesa más el regreso al hogar, donde será un hombre entre los hombres.

La fidelidad de Penélope

Andrea di Jacopo. *Penélope* (1849).

Esta perseverancia de Ulises cuadra muy bien con la fidelidad de su esposa **Penélope**, paradigma de la paciencia y el amor conyugal. Tras los veinte años de ausencia de su marido, ella se mantiene fiel y rechaza a los pretendientes que asedian cada día su casa. Es célebre el truco que usó Penélope para engañarlos: les dijo que escogería a un nuevo marido en cuanto acabara de tejer su tapiz. Pero aquello que tejía durante el día, lo destejía por la noche, convirtiendo el bordado en una obra infinita. La prudencia también está entre sus cualidades, ya que incluso impone una prueba a Ulises para comprobar su identidad: le pide que mueva el lecho matrimonial, cosa imposible puesto que está tallado sobre un árbol de olivo. El lecho, como el matrimonio entre Ulises y Penélope, es inamovible y se mantiene firme en sus profundas raíces tras años y años.

El cíclope

El gigante **Polifemo**, pastor de grandes ovejas dotado de un solo ojo, es quizás el mayor enemigo de Ulises. Es fiero, descuidado y no respeta la autoridad de los dioses, aunque él mismo sea hijo de Poseidón. Come carne cruda y humana, y yace en cualquier lugar de su cueva. Una maldición suya es la causa de todos los males de Ulises. Se ha visto en este personaje una encarnación de un mundo primitivo, salvaje y agresivo, opuesto a la civilización que representan Ulises y sus compañeros.

Christian Wilhelm Ernst Dietrich (1712-1774).
Ulises deja ciego a Polifemo.

Entre Escila y Caribdis

La frase proverbial «estar entre Escila y Caribdis» ha pasado a designar una situación complicada en que uno debe escoger el mal menor entre dos opciones. Algo parecido le ocurre a Ulises en el canto XII, cuando al llegar al estrecho de Mesina en Sicilia debe escoger entre pasar cerca de Escila o Caribdis. Escila, un ser monstruoso de seis cabezas, se comerá a seis de sus hombres; Caribdis, un monstruo sumergido que provoca terribles remolinos cuando traga y regurgita agua, destruirá su flota. Ulises se ve obligado a escoger el paso de Escila, aunque el destino no le librará de encontrarse al otro portento.

El canto de las Sirenas

Las **sirenas** de la *Odisea* no son los seres seductores, mitad mujer, mitad pez, de las mitologías nórdicas. Según la iconografía griega, las sirenas griegas eran enormes pájaros con cabeza de mujer que cantaban en su isla para atraer a los marineros y hacerlos naufragar contra las rocas. Ulises, en su deseo de escuchar las maravillas que cantan, no se tapa los oídos con cera como sus compañeros y se hace atar al mástil para no saltar al mar. Estos seres representan, para Ulises, la tentación de lo desconocido y la posibilidad de saber cosas prohibidas a los mortales.

Ulises y las Sirenas. Mosaico romano del s. III.

El largo viaje hasta Ítaca

Parte del encanto de la *Odisea* radica en su sencillo planteamiento como una entretenida narración de viajes fantásticos cuyo protagonista parece siempre contemporáneo de su público. Sin embargo, hay algo todavía más profundo que ha despertado el interés de los lectores durante siglos: el viaje de Ulises, aunque solo dura diez años, es toda una vida; y como tal, está llena de obstáculos, de frustraciones, de nostalgia, de eventos fantásticos e inesperados, y, por fin, de paz y reconciliación. Así pues, la *Odisea* es mucho más que un libro de viajes: es una larga alegoría sobre el transcurrir de la existencia, en la que cada lector acaba encontrando su cíclope, sus sirenas y, al fin, su propia Ítaca. El poeta griego Cavafis lo dejó escrito con un bello poema que interioriza la mitología homérica.

Joseph Mallord William Turner.
Ulises se burla de Polifemo (1829).

ÍTACA, de C. P. Cavafis

Cuando emprendas tu viaje a Ítaca
pide que el camino sea largo,
lleno de aventuras, lleno de experiencias.
No temas a los Lestrigones ni a los Cíclopes,
ni al colérico Poseidón,
seres tales jamás hallarás en tu camino,
si tu pensar es elevado, si selecta
es la emoción que toca tu espíritu y tu cuerpo.
Ni a los Lestrigones ni a los Cíclopes
ni al salvaje Poseidón encontrarás,
si no lo llevas dentro de tu alma,
si no los yergue tu alma ante ti.

Pide que el camino sea largo.
Que sean muchas las mañanas de verano
en que llegues -¡con qué placer y alegría!-
a puertos antes nunca vistos.
Detente en los emporios de Fenicia
y hazte con hermosas mercancías,
nácar y coral, ámbar y ébano
y toda suerte de perfumes voluptuosos,
cuantos más abundantes perfumes voluptuosos puedas.
Ve a muchas ciudades egipcias
a aprender de sus sabios.

Ten siempre a Ítaca en tu pensamiento.
Tu llegada allí es tu destino.
Mas no apresures nunca el viaje.
Mejor que dure muchos años
y atracar, viejo ya, en la isla,
enriquecido de cuanto ganaste en el camino
sin aguardar a que Ítaca te enriquezca.

Ítaca te brindó tan hermoso viaje.
Sin ella no habrías emprendido el camino.
Pero no tiene ya nada que darte.

Aunque la halles pobre, Ítaca no te ha engañado.
Así, sabio como te has vuelto, con tanta experiencia,
entenderás ya qué significan las Ítacas.

Traducción del griego de Pedro Bádenas de la Peña
en *Poesía completa*. Madrid: Alianza, 2003.